두려워 마라
별것 아니다

이현주의 사물과 나눈 이야기

두려워 마라, 별것 아니다

2025년 5월 26일 개정판 1쇄 발행. 이현주가 쓰고 이흥용과 박정은이 기획하여 펴냅니다. 황혜연이 디자인을 하고, 이강혜가 마케팅을 합니다. 인쇄 및 제본은 상지사에서 하였습니다. 출판사 등록일 및 등록번호는 2003. 2. 11. 제2017-000092호이고, 주소는 서울시 은평구 은평로3길 34-2, 전화는 (02) 3143-6360, 팩스는 (02) 6455-6367, 이메일은 shantibooks@naver.com입니다. 이 책의 ISBN은 979-11-92604-33-6 03810이고, 정가는 16,000원입니다.

이 책은 2012년에 출간된 《사랑 아닌 것이 없다》를 제목을 달리해 다시 펴낸 것입니다.

이현주의 사물과 나눈 이야기

두려워 마라
별것 아니다

이현주 지음

【샨티】

차례

1. 마음으로 보이는 것들

2. 사랑으로 표현하는 것들

3. 사라져서 사는 것들

내가 귀를 열면

돌이 입을 연다.

그래서

그 입이 하는 말을

그 귀가 듣는다.

나뭇가지와
나무의 대화

언제였는지는 잘 모르겠고, 어디였는지는 알겠다. 남행 열차 안이었다. 김밥 한 줄 먹고(그때는 열차에서 요깃거리를 팔았다) 나무젓가락을 분지르는데 웬일로 쉽게 부러지지 않는다. 힘을 써서 허리를 꺾으려 하자 뜬금없이 젓가락이 말을 걸어온다.

"왜 나를 부러뜨리려는 거요?"
"미안하다. 습관이 그렇게 되었다."
"나는 쉽게 부러지는 물건이 아니오."

"나무젓가락이 부러지지 않는다고?"

"나는 나무젓가락이 아니오."

"그럼 무엇이냐?"

"나는 임시로 젓가락 모양을 한 나무요. 당신이 '나무'를 부러뜨릴 수 있다고 생각하오?"

이렇게 해서 '사물과의 대화'가 시작되었다. 그 뒤로 재미도 있고 새로 깨치게 되는 무엇도 있고 해서, 닥치는 대로 아무것한테나 말을 걸었다. 쉽게 대꾸해 주는 친구도 있지만 도무지 말이 없는 친구도 물론 있었다. 그러거나 말거나 눈에 들어오는 사물들한테 말을 걸었고, 그것들이 해주는 말을 들리는 대로 받아 적어, 친구 목사 북산北山의 '민들레교회 주보'에 보냈다. 연재가 얼마나 계속되었는지 모르겠는데 아무튼 흥미로운 경험이었다.

형식으로는 사물들과 만나면서 실질로는 저 자신과 만나는 미묘한 여정이었다. 이 대화는 비유하자면 나뭇가지가 나무하고 말을 주고받은 것이다. 나뭇가지는 나무에 관하여 아는 게 별로 없고 나무는 나뭇가지에 관하여 모르는 게 별로 없다. 그러니 둘 사이의 대화는 나뭇가지 하나가 엉뚱하고 새로운 나무의 진실에 눈을 떠가는 과정이었다고 하겠다.

한동안 계속되던 사물과의 대화는, 시작이 있으면 끝이 있다는 자연의 섭리에 따라 어느 날 멈추었다. 하지만 나뭇가지와 나무의 대화는 그 뒤로도 비슷하게 이어졌고, 돌아보면 20여 년 세월 거의 하루도 빠짐없이 '꿈'이라는 마당에서 이루어지고 있다. 아무리 생각해도 이는 하늘이 몸을 입고 있는 '나'라는 물건에게 내리신 선물이다. 꿈을 통한 대화가 언제까지 이어질는지 알 수 없지만 알고 싶지도 않다. 이 '물건'한테는 명실상부 '오늘 하루'가 있을 뿐이기에.

이번에 개정판을 내면서 한마디 써달라는 출판사의 부탁이 있기에 몇 자 적는다. 혹시 이 책에서 힌트를 얻어 내면의 진짜 자기와 대화를 시도해 보는 독자가 한 분이라도 생긴다면 고맙고 반가운 일이겠다. 옴(ॐ).

2025년 4월

무무无無 이현주

제가 풀이고 풀이 저라는 진실을
몸으로 깨닫고 싶었습니다

제가 나무와 바위에서 하느님의 자취를 보고 그 말씀을 듣겠다고 하니까 어떤 사람이, 그러면 당신은 범신론에 빠지는 거라고 걱정하더군요.

저는 오직 한 분이신 하느님을 믿는다면서 자기와 생각이 다르거나 종교가 다른 사람들을 배척하는 유일신론자로 사느니, 차라리 풀과 돌과 늑대 곁에서 그들과 형제로 살아가는 범신론자가 되겠다고 대답했지요.

한동안, 제 눈과 귀를 사람이 만들어낸 것에서 돌려 사람을 만든 것으로 모아보고 싶었습니다. 그래서 눈에 띄는 대로 사물들과 대화를 시도해 보았지요.

사람도 사물이요 나무도 사물이니 말이 안 통할 리 없지만, 하도 오래 서로 말을 나누어보지 않아선지 사물들과 대화하기가 쉬운 일은 아니더군요. 무엇보다도 대화에서 먼저 중요한 건 내 말을 잘하는 것보다 상대의 말을 잘 듣는 일인데, 그러려면 내 생각 내 판단을 비워야 하는데, 그게 쉽지 않더란 말씀입니다.

그래요, 이건 그냥 한번 해본 일에 지나지 않습니다. 말 그대로 연습이지요. 저는 이런 연습을 통해서, 제가 풀이고 풀이 저라는 진실을 몸으로 한번 저리게 깨닫고 싶었습니다.

저의 이런 꿈을 그대도 함께 꾸신다면 우리와 우리가 살아가는 이 세상을 위해서 좋은 일일 수 있겠다 싶어, 샨티 벗들의 도움으로 이 책을 펴냅니다.

2012년 2월

이현주

1.

마음으로 보이는 것들

너

때문에

......

돌

디아코니아 피정避靜을 마치고 밤늦게 숙소로 돌아오다가 돌을 밟았는데 그것이 한쪽으로 퉁겨나면서 오지게 넘어졌다. 허벅지가 벗겨지고 멍이 들고 부어올랐다.

날이 밝는 대로, 돌을 찾아 마주앉는다.

"너 때문에 어젯밤 내가 넘어졌다."

"......"

"무슨 할 말이 있거든 해보아라."

"······"

떠오르는 아침 햇살이 돌을 쓰다듬으며 가벼이 흐르고 있다. 한참동안 그렇게 앉아 있자니, 잠자코 있던 돌이 마침내 입을 여는데,

"간밤에 나는 아무 짓도 하지 않았네."

"······"

"가만히 있는 나를 자네가 와서 밟았고, 그래서 내 몸이 퉁겼고, 그래서 자네가 넘어졌을 뿐이야."

"그러면, 이렇게 허벅지가 벗겨지고 멍이 들고 부어올랐는데 네 탓이 조금도 없단 말이냐?"

"······"

"······?"

"어둠 때문에 그랬다고도 말하지 마시게."

"······?"

"앞이 캄캄했고, 내가 길 위에 놓여 있었고, 자네 발이 나를 밟았고, 게다가 내 모양이 퉁겨나기 좋게 되어 있었고, 그래서 자네가 쫘당 하고 넘어졌지만, 그뿐일세. 사람이 밤길에 돌을 밟고 넘어진 것뿐이야. 얼마든지 있을 수 있는 일이지. 사실은 자네가 넘어진 것도 아니네. 넘어진 것은 자네가 아니

15

라 자네 몸이거든. 자네 몸이 곧 자네는 아니지 않은가?"

"……"

"앞이 캄캄한 것도 밤이니까 그런 것이고, 돌이 길바닥에 놓여 있는 것도 돌이니까 그런 것이고, 한쪽을 밟혀서 퉁겨진 것 또한 그런 모양으로 생겨서 그런 것인데, 그런데 누구를 탓한단 말인가?"

"……"

갈수록 할 말이 없어지고, 돌 앞에 앉아 있기가 차라리 민망스럽다.

"……"

"군자君子는 상불원천上不怨天이요 하불우인下不尤人이라. 위로 하늘을 원망하지 않고 아래로 사람(남)을 탓하지 않는다 했거늘……"

"……"

"앞으로는 무슨 일을 겪게 되든지 '너 때문에'라든가 '누구 때문에'라는 말을 입 밖에 내지 않도록 마음을 챙기시게. 무엇보다 자네 신상에 좋을 걸세."

대답 대신, 돌을 들어 본디 그것이 차지했음직한 자리로 옮겨놓는데 등 뒤에서 갑자기 웬 어치들이 신명이 났다. 그리고 그 시끄러운 새소리에 섞여 보너스처럼 들려오는 가느다란 말씀 한 마디.

"고맙구먼. 먼저 있던 자리로 돌려보내 주시니…… 산다는 게 무엇인가? 나는 이리저리 굴러다니다가 사람 발에 밟혀도 보고, 자네는 밤길에 돌을 밟아 넘어져도 보고…… 그러는 게 사는 것 아니겠나? 자네가 넘어져 상처를 입는 것도 그게 다 자네가 살아있어서 겪는 일일세. 그러니, 그래도 굳이 '너 때문에'라는 말을 쓰고 싶거든 이렇게 한번 해보시게. '너 때문에 사는 맛 한번 봤다. 고마워.' 눈 한번 뜨면 모든 것이 합력하여 선善을 이루는 세상이 바로 거기 있다네."

깨끗하지
않은 것이
없다

쓰레기통

지난여름 어느 날, 경기도 축령산에 있는 서울시립정신병원 1층 로비에 앉아 있었다. 면회 온 사람들과 상태가 좋아진 환자들이 오락가락하는 사이로 쓰레기통이 눈에 띄었다. 한참동안 바라보다가 말을 건넸다.

"좀 지저분하구나."

"내가 명색이 쓰레기통 아니냐? 지저분한 게 내 본분이지. 만일 내가 지저분해지지 않는다면 나는 내가 아닌 거다."

"그래도 깨끗이 치워져 있으면 지금보다 나을 텐데……"

"자네가 보기에는 그럴지 모르나, 나하고는 상관없는 얘기다. 왜냐하면 나는 언제나 깨끗하니까……"

"네가 언제나 깨끗하다고?"

"그렇다. 나는 처음 만들어졌을 때의 그 맑고 깨끗한 모습을 조금도 잃지 않았다."

"방금 전에는 지저분한 것이 네 본분이라고 하지 않았느냐?"

"그랬지."

"그렇다면 한 입으로 두 말을 한 셈 아닌가?"

"옳다."

"그래도 되나?"

"그래도 되는 게 아니라 그래야 한다. 나는 지저분할 수밖에 없는 존재이고 그것이 내 본분이니까. 그러면서 동시에 나는 깨끗하고 맑은 존재다. 사람들은 대개 사물의 겉모습을 보기 때문에 지저분한 나밖에 모르지만, 담배꽁초와 휴지조각과 가래침 따위로 덮여 있는 나의 속모습을 보면 내가 얼마나 깨끗한 몸인지 알 것이다."

"……?"

"의심스럽거든 지금 당장이라도 내 몸을 닦아보아라. 처음 공장에서 나왔을 때의 빛나고 깨끗한 몸이 자네 눈앞에 나타날 것이다. 그것이 내 본디 몸이다."

"……"

말을 잇지 못하고 앉아 있는데 쓰레기통이 말을 계속했다.

"여기 입원한 환자들도 마찬가지다. 사람들은 저들의 겉모습만 보고 미쳤다고 하지만 한 꺼풀 벗기고 보면 모두가 나리꽃처럼 곱고 순결한 영혼들이다. 내가 이 자리에 놓여 있어서 쓰레기를 담음으로써 그만큼 주변을 깨끗하게 만들듯이, 저 사람들도 세상의 온갖 정신적 쓰레기를 자기 몸에 담아서 그만큼 세상을 깨끗하게 하고 있는 것이다. 쓰레기통은 쓰레기를 만들지 않는다. 정신병을 앓는 사람 또한 정신병이 아니다. 네가 이 비밀을 머리만으로 아니라 온몸으로 깨달았으면 좋겠다."

"……"

"그러면 어째서 성인聖人이 사람을 버리지 않고 사물을 버리지 않는지, 그 까닭을 알게 될 것이다."

"……"

"……"

"……"

"말이 나온 김에, 지금의 자네로서는 소화하기 힘들 만한 진실 하나를 더 말해줄까?"

"……"

"깨끗한 것은 나뿐만이 아니다. 내 몸에 지금 담겨 있는 담배꽁초, 가래침, 휴지뭉치도 모두 깨끗한 담배꽁초, 깨끗한 가래침, 깨끗한 휴지뭉치다. 세상에는 그 자체로서 깨끗하지 않은 것이 없다. 있다면 깨끗하지 못한 무엇이 있는 것이 아니라 무엇이 깨끗하지 못하다는 인간의 생각이 있을 뿐이다. 그러니 사람을 두고 깨끗하다느니 더럽다느니 말하는 것은 거짓말은 아닐지 모르나 진실을 말한 것은 아니다. 그래서 깨달은 사람은 더러움과 깨끗함을 같게 본다(等見穢淨)고 했다."

"……"

"……"

"그러면 제가 어떻게 해야 방금 말씀하신 것을 머리로만이 아니라 몸으로 깨달을 수 있겠습니까?"

"사물을 볼 때마다 마음을 모아서 주의 깊게 보아라. 그렇게 주의 깊게 볼 때 너는 네가 보는 사물과 함께 깨어나게 된다. 그런 일을 되풀이해라. 습관이 되도록 반복해라. 하루아침에 비밀을 깨달으리라고 생각하지 마라. 그런 일은 일찍이 없었고 앞으로도 없을 것이다.

그리고 네가 사물을 주의 깊게 바라볼 때마다 그것들의 입을 빌려 내가 너에게 주는 명命을 잘 듣고 그대로 실천해라. 방금 전에도 나는 쓰레기통의 입을 통해서 사람을 겉모양만 보고 이렇다 저렇다 단정 짓지 말라고 했다. 알아들었거든 그대로 하여라. 아무리 좋은 음식이라도 네가 먹지 않으면 너에게 아무것도 아닌 것이다."

"하늘에 떠 있는 구름을 보거든 당신 친구에게 말하여라. '저 구름 보이지? 얼마나 장엄한가?'
우리가 어떻게 살아야 우리 안에 있는 행복의 씨앗에 매일 물을 줄 것인가? 기쁨 배양하기, 사랑 실습하기가 바로 그것이다.
마음 모으기 에너지를 지닐 때 우리는 이런 수행을 쉽게 할 수 있다. 그러나 마음을 모으지 않고서 어떻게 아름다운 가을의 황금 들녘을 볼 수 있겠는가? 내리는 비의 기쁨을 어떻게 느낄 수 있겠는가?

숨을 들이쉬면서 나는 비가 내리는 것을 안다. 숨을 내쉬면서 비한테 웃어준다. 숨을 들이쉬면서 나는 비가 반드시 필요한 생명의 한 부분임을 안다. 숨을 내쉬면서 다시 비한테 웃어준다.

마음을 모으는 일mindfulness은 우리로 하여금 잃어버린 줄만 알았던 낙원을 되찾을 수 있도록 도와준다."

—틱낫한

태초에
한 마음이
있었다

향 담아두는 통

오늘 새벽엔 향香 담아두는 나무통과 몇 마디 주고받는다.

"네가 무엇이냐?"

"……"

"너를 향통香筒이라고 불러도 될까?"

"좋으실 대로! 그러나 나는 향통이 아니다."

"그럼 무엇이냐?"

"……"

"정체를 묻는 것이 어려운 질문인 줄은 알고 있다."

"그건, 이것이 무엇이다 하고 말할 '정체'가 따로 없기 때문이다."

"......?"

"이것이 무엇이다 하고 말하면 벌써 아니다. 그러니 쉽게 입을 열 수 없는 것이다. 그래도 굳이 내 정체를 밝힌다면, 나는 이런 모양으로 표현된 '마음'이다."

"......"

"태초부터 한 '마음'이 있다. '순수 의식'이라고 불러도 좋다. 거기서 만물이 나온다. 나온다기보다 그 마음이 만물의 모양으로 저를 나타낸다. 그래서 내가 여기 있고 네가 거기 있는 것이다."

"......"

"그러므로 나를 향통이라고 부를 수는 있겠지만 나는 향통이 아니다."

"......"

"너에게도 이름은 있겠지만 너는 그 이름이 아니다. 나와 마찬가지로 너도, 지금 네 모습으로 저를 나타내고 있는 '마음'이다. 따라서 너와 나는 하나다. 누가 누구보다 우월하지도 열등하지도 않은 것은 그 누가 다른 누구와 나란히 견줄 상대가 아니기 때문이다. 네 코가 네 눈보다 우월하거나 열등할 수 있는가?"

"……"

"하지만 착각하지 마라. 눈이 눈이고 코가 코이듯이, 나는 나고 너는 너다. 함부로 뒤섞지 마라."

좀 더
겸손해져야
한다

한쪽 줄 끊어진 그네

폐교 마당 한쪽에 그네가 있는데 줄 하나가 끊어져 외줄이다. 한참 바라보다가 말을 걸어본다.

"한 줄이 끊어지니 다른 한 줄도 소용없게 되었구나."

"……"

"부분의 단절은, 그것을 부분으로 하여 이루어진 전체의 단절이다. 어떤가? 근사한 명제 아닌가?"

"네 생각일 뿐이다."

"아무튼 외줄그네는 소용이 없잖은가?"

"역시 네 생각일 뿐이다."

"그렇다면 어디, 네 생각을 들어보자."

"한쪽 줄이 끊어지니 다른 한 줄도 소용없게 되었다는 생각
에 동의할 수 없다."

"……?"

"봐라. 지금도 이렇게 쓰이고 있지 않은가?"

"무슨 말인가? 너는 아까 내가 처음 보았을 때와 조금도 달
라진 바 없이 그대로다. 누가 너를 지금 쓰고 있다는 말이냐?"

"네가 시방 나를 상대로 대화하고 있지 않은가?"

"아하!"

"인간의 대화 상대로 되는 게 흔한 일이 아니지만, 그넷줄
이라고 해서 반드시 사람이 그네를 타는 데 쓰여야 한다는 법
은 없지 않은가?"

"옳은 말이다. 한쪽 줄이 끊어지니 다른 한 줄도 소용없게
되었다는 앞의 말을 거두어들인다."

"좋으실 대로!"

"내 좁은 시야가 부끄럽군."

"그렇다면 너는 좀 더 겸손해질 필요가 있다."

"무슨 말인지?"

"네 시야가 좁은 줄을 어떻게 알았는가?"

"내가 여태 보지 못하던 것을 보게 되어서 알았다."

"그렇다면 그것은 오히려 반가운 일 아닌가? 도대체 부끄러울 까닭이 무엇인가?"

"……"

"너는 스스로 꽤 넓은 시야를 가졌다고 생각했다. 그런데 그게 아니었음이 드러나자 부끄러움을 느낀 것이다. 아닌가?"

"그런 것 같다."

"겸손한 사람은 자기를 과대평가하지 않는다. 그러므로 어떤 일을 당해도 그 때문에 부끄러워하지 않는다. 밑바닥에 있는 사람은 굴러 떨어질 곳이 없다."

"……"

"이왕 말이 나왔으니 하나만 더 말하겠다. 나는 부분의 단절이 전체의 단절이라는 네 명제에도 동의하지 않는다."

"어째서?"

"나는 본디 두 줄로 이루어진 몸이었다. 그러므로 끊어진 것은 나의 한 줄이 아니라 바로 나였다. 부분의 단절과 전체의 단절을 구분한 것은 네 생각일 뿐이요, 끊어졌다면 처음부터 전체가 끊어진 것이다. 사실은 이 말도 잘못되었다. 전체란 말 속에 이미 부분이라는 말이 전제되어 있기 때문이다. 나는 전체도 아니고 부분도 아니다. 다만 녹슬어 끊어진 모양을 하고 있는 그넷줄일 뿐이다. 아니다. 나는 그넷줄도 아니다. 쇳덩어리다. 아니다. 나는 쇳덩어리도 아니다. 나는 그 무엇도 아니요 아무것도 아니다. 끊어질 것도 없고 끊어질 수도 없는 것이 나다. 말을 더 해야 할까?"

"……"

"그래서 노자老子가 '아는 사람은 말하지 않는다'고 했지."

"아는 사람이 말하지 않는다는 것은 말 아닌가?"

"말이지."

"그만두자. 더 말하기가 두렵구나."

"그렇다면 너는 좀 더 겸손해질 필요가 있다."

"……?"

"참으로 겸손한 사람은 아무것도 두려워하지 않는다."

"……"

"그러니 친구여! 안심해라! 이 세상에는 네가 두려워하거나 부끄러워할 것이 하나도 없다. 세계가 건재하니 너 또한 건재한 것이다. 그냥 있어라. 어떻게 쓰임받을 것인가로 안달하지 마라. 봐라. 너는 지금도 이렇게 쓰이고 있지 않은가? 너와 나를 통하여 시방 이런 대화를 나누고 있는 이가 누구인지, 그것을 생각해 봐라."

여기까지 말하는데, 요즘 보기 어려운 검은 잠자리 한 마리가 늘어진 그넷줄에 가벼이 날아와 앉는다.

나무는
부러지지
않는다

나무젓가락

원주 구곡 성당에서 두 번째 강론하는 날이었다. 원주역에 내리는데, 이 건물 어딘가에서 오 아무 군이 술에 취해 마지막 숨을 거두었다는 이야기를 들은 게 생각나 잠시 발걸음이 무거웠다.

작년 봄, 술도 끊고 예배당에도 잘 다닌다면서 밝은 모습으로 한산촌을 찾아왔던 그가 기억에 새롭다. 도대체 어느 것이 그의 참모습이었던가? 이것도 아니고 저것도 아니다. 우리의 참모습은 눈으로 볼 수 있는 게 아니다. 눈동자는 눈동자를 보지 못하는 법이다.

돌아오는 기차에서 김밥을 먹고 나무젓가락을 습관처럼 부러뜨리려 하는데 젓가락이 말하기를,

"왜 나를 부러뜨리려는 거요?"

그래서 멈칫, 동작을 멈추고 몇 마디 얘기가 오갔다.

"미안하다. 습관이 그렇게 되었다."

"당신이 나를 부러뜨리든 말든, 나하고는 상관없는 일이지만."

"어째서 그런가?"

"나는 쉽게 부러지는 물건이 아니거든요."

"나무젓가락이 부러지지 않는다고?"

"나는 나무젓가락이 아니오."

"그럼 무엇이냐?"

"나는 나무요. 당신이 '나무'를 부러뜨릴 수 있다고 생각하오?"

"그건 불가능하지."

"좀 더 깊이 들여다보면, 나는 나무도 아니오."

"......?"

"구태여 말한다면 나는 땅이오."

"네가 땅이라고?"

"숲의 모든 나무와 풀이 땅에서 나온 땅의 분신인 줄 모른 단 말이오?"

"……"

"그러니 나는 하늘이기도 하지요."

"……"

"따라서 당신과 나는 본질상 하나인 것이오."

"동의한다. 이왕 입을 열었으니 도움이 될 말 한 마디 들려 다오."

"누구를 만나든지 그에게서 도움이 될 무엇을 얻어야 직성 이 풀리나요?"

"……"

"그리고 왜 처음부터 나에게 반말입니까?"

"……"

"내가 당신을 만나서 잠시 젓가락 구실 즐겼듯이, 당신도 좋은 주인 만나서 잠시 사람 구실 즐기시오."

"고맙네. 잘 가시게."

"가긴 어디로 가란 말인가? 나는 늘 여기 있다네."

끝은

본디 없는

것이다

아기 도토리

　간밤에 비바람이 거칠더니, 새벽 산책길에 떨어진 것들이 꽤 많다. 그 가운데 이파리를 날개처럼 거느리고 떨어져 내린 아기 도토리 한 알이 눈에 띈다.

　열매란 다 익을 때까지 가지에 붙어 있어야 하는데 중간에 떨어졌으니 딱한 일이다. 슬프다. 인생 또한 이와 같은 것들이 얼마나 많을 것인가?

　자원 봉사 왔다가 물에 빠진 아이를 건져 올리고 자신은 급류에 휩쓸려 숨지고 만 대학생 김 아무 군이 생각난다. 기적

같이 건져 올린 그의 시신이 모셔진 영안실에서, 독일 병정처럼 씩씩해 보이는 얼굴 사진이 내 가슴을 너무도 아프게 했지.

도토리야, 이제 막 생겨나 모양새를 제법 갖추었는데 갑자기 돌풍에 꺾여버린 아기 도토리야, 너의 슬픈 운명에 대하여 무슨 할 말이 있거든 해보려무나.

"슬픈 운명이라고 말하지 마세요. 나는 조금도 슬프지 않으니까요."

"갈 데까지 못 가고 중도에 꺾여버린 네 신세가 슬프지 않단 말이냐?"

"갈 데까지라니요? 거기가 어딘데요?"

"네가 잘 익어서 저절로 땅에 떨어져 내년 봄에 싹으로 돋고……"

"그리고? 거기가 끝인가요?"

"다시 나무로 자라나 너 닮은 열매들을 수없이 맺고……"

"그리고? 거기가 끝인가요?"

"……"

"끝은 본디 없는 겁니다. 따라서 '갈 데까지'라는 것도 없는 거지요."

“……”

할 말을 잃고(나는 어째서 늘 이렇게 말문이 막히는가?) 멍하니 앉아 있는데, 아기 도토리가 햇볕처럼 밝은 목소리로 한 마디 덧붙인다.

“그래도 나는 '갈 데까지' 갑니다. 그러니 슬플 이유가 없어요.”

“어디가 너의 '갈 데까지'냐?”

“당신도 나와 함께 그리로 가고 있으니, 나한테 묻지 마셔요.”

그렇다. 땅에 떨어진 아기 도토리는 그것으로 수명을 다한 것이 아니었다. 끝도 시작도 없는 세상에서 무엇이 그 시작과 끝을 지니겠는가? 그러니 미안한 느낌, 슬픈 마음으로 요절한 젊음을 바라볼 일만도 아닌 것이다!

이 세상과 저 세상은 영원히 낳고 거듭 낳는다.
모든 원인이 어머니요 결과는 아이들이다.
결과가 태어나면 그것은 다시 원인으로 되고,

그리하여 놀라운 결과들을 낳게 된다.

이렇게 세대에서 세대로 이어져 흐르는

사슬의 모든 연결고리를 보려면

아주 밝은 눈이 있어야 한다.

―루미

내 위에
앉아 있는
나

잠자리

가느다란 나뭇가지 끝에 앉아 쉬고 있는 잠자리를 만났다.
그가 먼저 말을 걸어온다.

"내가 어디에 앉아 있다고 보느냐?"

"나뭇가지 끝에 앉아 있지 않느냐?"

"옳은 말이다. 그러나 나는 나뭇가지 끝에 앉아 있는 게 아
니다."

"그럼 어디에 앉아 있는 거냐?"

"좀 더 깊이 보아라."

"알겠다. 너는 지금 나무 위에 앉아 있다."

"옳은 말이다. 그러나 나는 나무 위에 앉아 있는 것이 아니다."

"……"

"나는 지구 위에 앉아 있다."

"……"

"외계인이 지구를 가리키면서 저기 아름다운 푸른 별이 있다고 할 때 그가 가리키는 푸른 별에는 너와 내가 다른 모든 것들과 함께 포함되어 있다. 네 손이 네 몸이듯, 나는 지구라는 이름의 '푸른 별'이다. 그러니 지금 나는 내 위에 앉아 있는 것이다. 보는 눈과 보이는 사물이 하나라는 말은 과연 맞는 말이다."

"……"

"……"

"……"

"친구야, 그러기에 아무것도 두려워할 이유가 없다. 부디 대평안大平安을 누려라."

말을 마친 잠자리가 허공에 날개를 띄우고 가벼이 날아오른다. 오랜만에 청명한 가을 날씨다.

아무에게도
관용을 베풀지
않는다

안경

기차에서 책을 보다가 문득 손에 들고 있는 안경에게 말을 걸어본다.

"혹시 관용에 대한 네 생각이 어떠한지를 말해줄 수 있겠느냐?"

"……"

"사람이 어떻게 하면 관용을 베풀 수 있을까?"

"……"

"……"

묵묵부답, 한참 졸다가 깨어나 다시 물어보았지만 역시 아무 말 없다. 그렇다면 그만두지! 대화를 포기하고 예산역이 가깝다는 방송에 일어날 채비를 하는데……

"나처럼 하면 되겠지."

"……?"

"나는 아무에게도 관용을 베풀지 않는다."

"……?"

"다만 나를 통해 자네가 사물을 받아들일 수 있도록 할 따름이지. 하기는 그것도 내가 따로 '하는 일'은 아니다."

"그것이 너의 관용인가?"

"자네가 나를 통해서 사물을 받아들이는 만큼의 관용이겠지."

"그렇다면 그것은 네가 베푸는 관용은 아니지 않은가?"

"맞는 말이다."

"나는 관용에 대한 너의 생각을 물었다."

"방금 대답하지 않았나?"

"……?"

"자네가 스스로 무엇을 너그러이 받아들이려고 노력하면, 노력하는 그만큼 자네는 관용을 베풀 수 없다. 자네에게 무엇을 받아들이려고 하는 '나'가 있는 한, 바로 그 '나$_{ego}$'가 문턱이 되어 관용의 폭을 제한하기 때문이다. 진정한 관용은 백에서 아흔아홉을 받아들이는 것이 아니라, 열에서 열을 받아들이는 것이다."

"……"

"아득한 창공을 보아라. 세상에 저보다 큰 관용이 어디 있겠는가? 창공은 공空이기 때문에, 무엇을 향해 관용을 베풀려는 '나'가 없기 때문에, 그래서 더없이 큰 관용을 영원히 베풀고 있는 것이다. 안경이 하늘처럼 투명하지 않으면, 그래서 저의 맑고 깨끗함을 스스로 잃으면, 그러면 그것은 더 이상 안경이 아니고, 따라서 관용과 그만큼 거리가 멀어질 수밖에 없다. 관용이란 내가 베푸는 무엇이 아니라, '나'를 맑게 비우는 것이다! 이게 관용에 대한 나, 안경의 생각이다."

기차에서 내리기 직전, 서둘러 안경알을 닦는다. 안경이 스스로 안경을 닦지 못한다는 사실이 따스한 위안으로 스며드는 것을 느끼면서.

임자를
잘
만나시기를

연필

　자기는 하느님 손에 잡힌 몽당연필이라고 고백한 마더 테
레사를 생각하다가, 내 손에 들려 있는 연필에게 말을 건넨다.

　"사물이 존재한다는 것에 대하여 어떻게 생각하느냐?"
　"존재한다는 것은 자취를 남기면서 스스로 닳는 것이다. 그
러나 자취는 과거 속에 있고, 과거는 이미 없는 것이기에, 자
취 또한 없는 것이다."
　"그것은 네 생각인가?"

"스스로 속이지 말라. 연필이 무엇을 생각하고 무엇을 판단하겠는가? 나는 그런 것 모른다."

"그렇다면 방금 한 말은 무엇인가?"

"몰라서 묻는가? 그것은 자네 생각일 뿐이다."

"……"

"그러나 그게 무슨 상관인가? 자네는 생각의 임자를 가려서 무얼 어쩌겠다는 것인가?"

"……"

"생각은 생각 자체로서 의미가 있고 또 그 자체로서 아무것도 아닌 것이다."

할 말이 없어 물끄러미 내려다보는데, 어디선가 들려오는 또렷한 한 마디!

"그러니 바라건대 임자를 잘 만나시기를!"

줄은
버틸 만큼
버틴다

빨랫줄

빨랫줄을 볼 적마다 '버티다'라는 단어가 떠오른다.

하루는, "너를 볼 때마다 '버티다'라는 단어가 떠오른다"고 말을 걸어보았다. 한동안 잠자코 있던 빨랫줄이 되물어왔다.

"어째서 나를 볼 적마다 그 말이 생각났을까? 세상에 버티고 있는 것이 나만은 아닌데……"

"자네가 끊어지지 않고 버티고 있어서 빨래가 곱게 마르지 않는가?"

"그건 그래. 그러나 나에게 버티려는 의지가 있어서 끊어지지 않는 것은 아닐세. 아직 끊어지지 않아서 이렇게 버티고 있는 것으로 보일 따름이지. 지금이라도 내 위에 수십 톤 무게를 얹어보라고. 그 순간 힘없이 끊어지고 말 테니까. 그러니까 무슨 말이냐 하면, 내가 이렇게 끊어지지 않고 자네 눈에 버티고 있는 것으로 보인다고 해도 내가 그렇게 하는 것이 아니라는 얘기지."

"……"

"그리고 그건 자네도 마찬가질세. 자네가 아직 살아있는 것은, 그것은 자네가 그렇게 하는 것이 아니라네. 누구도 살겠다는 의지만으로는 살 수 없으니까."

"그래도 자네보다 쉽게 끊어지는 줄이 있지 않은가?"

"그럴 수 있지. 그러나 그 줄도 버틸 만큼 버텼어. 세상 모든 줄이 저마다 버틸 만큼 잘 버티고 있네. 내가 버틸 만큼 버티듯이 다른 줄 또한 제가 버틸 만큼 버티고 있는 걸세. 어떤 줄이 나보다 먼저 끊어졌다고 해서 그 줄을 약한 줄이라고 말하지 말게. 그 줄도 끊어지기 직전까지 버틸 수 있을 만큼 버텼네. 그러니 결코 '약한 줄'이 아니지."

"……"

"세상에는 약한 줄도 없고, 따라서 강한 줄도 없어. 그런 것은 자네들 인간의 머릿속에만 있다네."

"......"

"......"

"......"

긴 침묵 끝에, 빨랫줄이 조금 엉뚱한 느낌이 드는 말을 남겼다.

"착한 눈이 보면 착하지 않은 사람이 없고 나쁜 눈이 보면 나쁘지 않은 사람이 없는 까닭을 짐작하시겠는가?"

참사람은
마음을 거울처럼
쓴다

손거울

"거울아, 너는 무엇을 위하여 세상에 생겨났느냐?"

"나는 아무것도 위하지 않는다."

"그러면 도대체 무엇 때문에 존재하는 거냐?"

"무엇 때문에 존재하지 않으면 안 되는가?"

"……"

"자네 인간들은 무엇이 있는 이유를 그것의 바깥에서 찾으려고 한다. 그래서 어디엔가 존재 이유가 있다고 생각되면, 다시 말해서 어디엔가 쓸모가 있다고 생각되면 안심하고, 아무 데도 쓸모가 없다고 생각되면 불안해한다. 내가 보기에 그건 참 딱한 병이다. 자네는 저 하늘이 누군가에게 '쓸모'가 있으려고 저기 저렇게 있다고 생각하는가? 저 나무가 누군가에게 '의미'가 되어주려고 저기 저렇게 서 있다고 생각하는가? 자네는 저 꽃이 누군가에게 무엇이 되어주려고 저렇게 피어난다고 생각하는가?"

"꽃이 피는 것은 열매를 맺기 위해서가 아닌가?"

"그건 네 생각일 뿐! 꽃한테 물어보았나? 그대가 피어나는 것이 열매를 맺기 위해서냐고."

"……"

"사람만 빼놓고 어떤 사물에도 ' 을 위하여'라는 딱지가 붙지 않는다. 사람한테도 본디는 없었지만, 머리가 너무나 좋은(?) 덕분에 그것들을 스스로 만들어 제 몸에 붙였다. 그런데 아뿔싸, 그것들이 그만 족쇄와 덫으로 되었구나. 불쌍하지만 어쩔 수 없다. 스스로 족쇄를 풀고 벗어나기를 바랄 뿐……"

"……"

"나를 봐라. 내 속에 내 모습이 따로 있는가?"

"없다."

"내 모습이 따로 있다면 자네는 나한테서 자네 모습을 비쳐

볼 수 없을 것이다. 제 무늬를 가진 벽지에 아무것도 비쳐볼
수 없듯이……"

"……"

"나를 보아라. 내 속에 나의 주장하는 바가 따로 있는가?"

"없다."

"내가 만일, 사람이라면 마땅히 이런 모습이어야 한다는 주
장을 가지고 있다면 자네는 나에게서 자네 모습을 볼 수 없을
것이다. 저 대표 연설을 하는 국회의원 머릿속에 다른 의견을
섞어 넣을 수 없듯이……"

"……"

"나를 보아라. 내가 무엇에 집착하여 그것을 붙잡아두려고
하던가?"

"아니다."

"내가 누구를 꺼려 그가 오면 자리를 피하거나 등을 돌리던
가?"

"아니다."

"옛날에 누가, 참사람은 마음 쓰기를 거울처럼 한다고 말
했지."

"장자莊子였다."

"아무였으면 어떤가? 그가 누군지는 몰라도 상관없다. 장자가 그런 말을 했든 안 했든 참사람은 나처럼 몸과 마음을 쓴다. 그러고 싶거든 자네도 나처럼 아무것도 바라지 않고 아무것도 지니지 않아서 인간의 말로 설명되지 않는 고요함에 들어라. 거기에 참된 사랑과 자유와 평화가 피어난다."

"아무것도 바라지 않고 아무것도 지니지 않으면서 살았다고 할 수 있을까?"

"지금 자네 눈에는 내가 죽어 있는 것으로 보이는가? 죽은 거울이 사물을 비칠 수 있다고 보는가? 세상에 죽은 것은 없다. 세상을 짓고 세상 위에 있고 세상 아래에 있고 세상 속에 있고 세상 밖에 있는 하느님이 살아있는 것들의 하느님이기 때문이다. 자네가 그 하느님을 믿는다면 자네 입에서 무엇이 '죽었다'는 말이 나와서는 안 되는 것이다."

흐르는 물이 산 아래로 내려감은
내려가겠다는 뜻이 있어서가 아니요,
조각구름이 마을에 드리움은
본디 그러려는 마음이 있어서가 아니다.
사람들이 저 구름과 물처럼만 산다면,

쇠막대기에 꽃 피어 온 누리 가득 봄이리.

流水下山非有意 片雲歸洞本無心

人生苦得如雲水 鐵樹開花遍界春

—차암수정此庵守靜

고운 노래는
언덕을 넘지
않는 법

마이크

"무슨 말을 그리 크게 하려고 사람들이 나 같은 물건을 만들었는지 모르겠다."

"때로 소리를 키워야 할 경우도 있지."

"언제? 어떤 경우에?"

"대중 연설을 한다거나 노래를 부른다거나……"

"연설이라면 세네카를 능가할 만한 사람이 있을까? 그런데 그에게는 이런 물건이 없었지."

"……"

"노래라면 누가 꾀꼬리를 당할 수 있겠나? 그런데 나는 꾀꼬리가 내 앞에 서는 것을 보지 못했네."

"……"

"타고난 목소리보다 크게 말하는 사람을 나는 믿지 않는다. 참말은 골목 밖에서 들리지 않고, 고운 노래는 언덕을 넘지 않는 법. 제발 너도 나를 믿지 마라."

함께 흐르면
어지럽지
않다

해바라기 열매

디아코니아 자매들이 가꾼 해바라기 열매 한 송이, 햇볕에 참 잘도 익었다. 손으로 건드리면 참았던 웃음 터뜨리듯 낟알이 톡톡 튀어나온다. 낟알 하나에서 이렇게나 많은 낟알들이 생겨나다니, 그저 놀라울 따름이다. 이와 같은 자기 복제의 과정을 가리켜 '생명'이라고 부르는 것일까?

겉으로는 단단하게 굳어져 노자老子가 말한 사지도死之徒처럼 보이지만, 그 속에서 시치미 뚝 떼고 흐르는 생명의 도도한 물결을 본다.

그렇구나! 세상에 죽은 것은 없구나. 하나도 없구나! 주검은 있어도 죽음은 없구나.

한참을 들여다보고 있자니 약간 어지러워진다. 낟알 하나하나가 부드러운 곡선을 만들며 흐르고 있다.

"그렇다. 너의 흐름을 따라서 내 몸도 흐르는 것 같다."

"그래서 어지럽다고? 아닐세. 자네가 어지럼증을 느끼는 까닭은 나와 함께 흐르기 때문이 아니라 반대로 나와 함께 흐르지 않기 때문이네. 아니, 좀 더 정확히 말하면 나와 함께 흐르기를 거절하기 때문이지. 보라고, 나는 조금도 어지럽지 않네."

"너와 내가 어찌 같을 수 있겠느냐?"

"조금도 다를 바 없어. 찾아보게. 자네와 내가 어디에서 어떻게 다른지."

"나는 사람이고 너는 해바라기 아니냐?"

"그건 우리 이름이고, 자네 이름이 곧 자네가 아니라는 것쯤은 알고 있을 터인데?"

"나는 동물이고 너는 식물 아니냐?"

"동물도 식물도 물物이긴 마찬가지지."

58

"……"

"흐름을 타고 흐르는 물物은 어지럽지 않다네. 어때? 자네는 지구의 자전, 공전 때문에 어지러워본 적이 있는가?"

"……"

"할 수 있거든 내 속에 들어와 나와 함께 곡선으로 흘러보시게. 아무 데서도 시작되지 않았고 아무 데서도 막히지 않는 나의 이 아름답고 끝없는 곡선에 자네 몸을 한번 맡겨보라고. 거기가 바로 적멸보궁寂滅寶宮, 태고의 고요가 숨쉬는 곳이라네."

해바라기는 그렇게 웃고 있었다. 그 너그러운 웃음 속에서 문득 비로자나(불교 진리를 붓다로 신격화시킨 법신불法身佛. 비로자나는 본래 광명을 두루 비친다는 뜻으로 불법의 진리를 어디에나 두루 비치게 하는 붓다를 가리킨다)의 자취를 느껴본다.

누가
탓하랴

타다 남은 모기향

타다 남은 모기향한테 말을 건넨다.

"지난여름, 네가 얼마나 못된 짓을 많이 했는지 아느냐?"

"……"

"너로 말미암아 여러 백 마리 모기가 목숨을 잃었다."

"……"

"할 말 없느냐?"

"자네가 말도 안 되는 말을 늘어놓고 있는데, 내가 무슨 말로 장단을 맞춘단 말인가?"

"……"

"지난여름이고 이번 겨울이고 나는 아무 한 일이 없다."

"……"

"못된 짓을 했다면 그것은 내가 아니라 자네지."

"……"

"여러 백 마리 모기가 목숨을 잃은 것도 나로 말미암아서가 아니라 자네 때문이야. 강도가 칼로 사람을 해쳤는데 사람을 해친 것이 칼인가?"

"……"

"할 말 있는가?"

"네가 그렇게 정곡을 찌르는데 내가 무슨 말을 한단 말이냐?"

"그러니 말을 함부로 하는 게 아니다. 입을 벙끗했다 하면 곧장 실언失言이라, 그것이 인간이요 인간의 말이니까."

"……"

"내 말 또한 마찬가지다. 모든 말이 밖으로 나오는 순간 이미 그릇된 말이다. 모기향이 없는데 모기가 어찌 모기향으로 목숨을 잃겠는가? 모기가 자네 피를 빨지 않는데 자네가 어

찌 나를 피우겠는가? 모든 것이 시작도 끝도 없는 인과의 연
속일 뿐이다."

"그래서?"

"그러니 누구를 탓하고 누구를 원망할 것 없다는 얘기지."

"어디서 많이 들어본 소리군."

"그런가?"

잘해야
한다는
귀신

단소

그날도 많은 사람이 모인 자리에 단소를 들고 갔다가, 한번 불어보라는 요청을 끝내 거절하고는 집으로 돌아오고 있었다. 갑자기 단소가 말을 걸어왔다.

"어째서 집에 혼자 있을 때는 곧잘 나를 불다가 여럿이 모인 자리에서는 한사코 불기를 거절하는가?"

"내 비록 머리가 둔하기는 하지만 창피한 줄은 안다."

"무엇이 창피한가?"

"솔직히 내가 단소를 잘 불지는 못하지 않느냐? 게다가 실수라도 하는 날에는……"

"가만!"

단소가 내 말을 막고 단도로 찌르듯이 물어왔다.

"자네가 왜 단소를 잘 불어야 하는가?"

"……?"

할 말이 없었다. 내가 단소를 잘 불어야 할 까닭이 만고에 없었기 때문이다. 나는 단소 연주가도 아니고 이른바 국악인도 아니다. 그냥 취미로 단소를 들고 다니는 것뿐이다.

"……"

"자네가 단소를 잘 불어야 할 아무 이유가 없다면, 자네가 사람들 앞에서 창피할 이유도 없는 것이다."

"……"

"언제까지 근거도 없는 그놈의 잘해야 한다는 귀신을 모시고 다닐 참인가?"

"……!"

그 뒤로 단소 불어보라는 청을 거절한 적이 없다. 동양에서 가장 크다는 광주 버스터미널 대합실에서도 불었고, 연세대학교 루스 채플에서는 유동식 선생님 고희 기념 예배에서 불다가 막판에 소리가 안 나서 중단하고 내려오기도 했다. 그래도 나는 창피하지 않았다. 잘해야 한다는 마귀가 떨어져나간 뒤에 불어온 '자유'의 신선한 바람은 아직도 내 몸을 감싸고 있다.

글을 써도, 설교를 해도, 잘 쓰고 잘하려 애쓸 것 없이 다만 정성을 다하면 그뿐이라는 진리를 가르쳐주신 단소는 나의 잊지 못할 스승이시다.

단소를 분다. 청아한 소리가 허공을 메운다. 자, 방금 이 소리는 어디에서 났는가? 누가 이 소리의 임자인가? 없다. 내가 소리의 주인이라고 하면서 나설 그 누구도 무엇도 없다. 아무도 단소 소리의 임자가 아니고 모두가 단소 소리의 임자다. 그래서 하느님은 아무 데도 없고 없는 데가 없는 것이다.

단소 소리는 하느님 것이다.

단소 부는 나를 본다.

자, 이 '나'는 누구 것인가?

나그네로
가득 찬
주인

빈 의자

성공회대학교 외래강사 휴게실에 나무 의자 다섯 개가 있다. 그것들 가운데 하나를 물끄러미 바라본다. 쓸쓸하다.

"빈 의자야. 너를 보고 있자니 내 마음이 자꾸만 쓸쓸해지는구나. 너는 그 모양으로 시방 누구를 기다리고 있는 거냐?"

"……"

역시 아무 말 없다. 사람만 빼놓고 모든 사물이 말을 아낀다. 아니다. 그들이 아끼는 것은 말이 아니라 고요다. 그래서

늘 침묵하고 있는 것이다.

나도 따라서 말없이 빈 의자를 바라본다.

세상이 문득 사라지고 나 혼자 여기에 있는 듯한 느낌이다.

"……"

"……"

"……"

"쯧쯧……"

의자가, 아니 의자에서 누군가 혀를 차는 것 같다.

"……?"

"쓸쓸한 것은 자네 감정일 뿐! 그것이 나와 무슨 상관인가? 자네는 나를 빈 의자라고 부르네만 나는 비어 있는 존재가 아닐세."

의자가 말을 계속하지 않아도 그것쯤은 나도 알고 있다. 의자는 그의 말대로 비어 있지 않다. 오히려 가득 차 있다. 의자에는 빈틈이 없다.

의자의 부품을 열거하자면 여러 십 개쯤 될 것이다. 그런데 그 부품들은 '의자'가 아니다. 등받이도 다리도 방석도 의자가 아니다.

의자는 의자 아닌 것들의 총합이다. 의자 아닌 것들이 모여 의자가 되었다. 부품뿐 아니라 재료도 의자가 아니다. 나무도 쇠도 가죽도 의자가 아니다. 그러니 양으로 보나 질로 보나 의자는 의자 아닌 것들로 이루어진 것이다. 거기에는 물도 있고 공기도 있고 불도 있고 흙(금속)도 있는데 그것들 모두 의자가 아니다. 의자에는 의자 아닌 것들이 모두 들어 있다. 시간도 있고 공간도 있다. 오직 의자만 없다.

의자는 의자의 비어 있음(空)이다. 아하, 그래서 색즉시공 色卽是空이로구나! 그러나 비어 있으면서 모든 것으로 가득 차 있다. 보라. 저 의자 하나에 우주 만물이 들어 있지 않은가? 그래서 공즉시색空卽是色이다.

"그래서 어쨌단 말인가? 나의 쓸쓸한 감정이 내 속에 있는 나의 것이라는 사실은 나도 알고 있다. 그러나 그 감정을 네가 불러내지 않았느냐?"

"천만에 말씀! 나는 자네한테 아무 짓도 하지 않았어. 언제까지 남한테 탓을 돌리는 낡은 버릇에 묶여 있을 참인가?"

"……"

"쓸쓸한 자네 감정에 대하여 나는 책임도 없고 할 말도 없네만, 축하한다는 말 한 마디는 해주고 싶군."

"쓸쓸한 감정을 축하한다고?"

"아니, 쓸쓸한 감정을 느낀다는 사실, 그것을 축하한다는 말일세."

"……?"

"자네가 쓸쓸한 감정을 느끼는 것은 지금 자네가 살아있다는 증거라네. 사람이 살아있다는 것보다 더 축하받을 일이 무엇인가? 자네가 옮긴 루미의 시詩에도 그런 노래가 있던데?"

기억난다. 이런 노래였지.

장인匠人 하나 갈대밭에서 갈대 한 줄기 끊어내어
구멍을 뚫고, 사람이라 이름 붙였지.
그 뒤로 그것은,
이별의 슬픔을 아프게 노래하고 있다네.
피리로 살게 한 장인의 솜씨는 까맣게 모르고서.

쓸쓸한 느낌은 그냥 거기 그렇게 두고, 나 아닌 것들로 가득 차 있는 나를 바라본다.

나는 나 아닌 것들의 총합이다. 나는 나의 비어 있음이요 나 아닌 것들의 차 있음(盈)이다. 이 쓸쓸한 감정도 나를 이루고 있는 것이면서 그러나 나는 아니다.

나는 나그네로 가득한 주인이다. 세상은 얼마나 완벽한 조화인가? 가짜가 없으면 진짜도 없는 것이다. 적어도 이 세상에서는 그렇다.

"자네는 나보고 누구를 기다리느냐고 물었네만, 이제 알겠나? 나는 아무도 기다리지 않는다네."

"......"

"내가 누구를 기다린다면 그것은 내 속에 채워져야 할 빈자리가 있다는 말일세. 그러나 내가 나로서 이미 충만한데 새삼 누구를 기다린단 말인가?"

"......"

"자네는 누구를 기다리고 있는가?"

"......"

"자네가 누구를 기다린다면, 잘 보시게. 그가 자네 속에 들어와 있는 것을! 요즘이 아기 예수의 탄생을 기다리는 대림절이라지? 그러나 아기 예수는 이미 자네 속에 잉태되어 있는데, 어디에서 오는 그를 기다린단 말인가? 자네가 만약 누구를 기·다·린·다·면 자네는 영원토록 그를 만나지 못할 걸세. 없는 대상을 어찌 만날 수 있겠나? 잘 보라고. 자네 눈에는 이 사람들이 안 보이는가?"

　문득 시간의 커튼이 걷히고 나는 보았다. 의자에 앉아 얘기를 하고 책을 읽고 눈을 감은 사람의 모습을. 그렇다. 거기 의자 위에 사람이 앉아 있었다. 한두 사람이 아니었다.

날카로운

끝

송곳

끝이 뾰족한 송곳. 종이를 뚫거나 구멍을 낼 때 쓰는 물건
이다. 송곳의 기능은 날카로운 끝에 있다. 그래서 '송곳' 하면
날카로움이 먼저 떠오른다. 과연 송곳이란 곧 날카로움인가?

송곳은 날카로운 끝을 지니고 있지만, 그러나 '날카로운
끝'은 송곳의 지극히 작은 부분일 뿐이고 나머지 부분은 조금
도 날카롭지 않다.

"그건 사실이다. 그러나 나의 모든 날카롭지 않은 부분들은

내 몸의 지극히 작은 부분인 '날카로운 끝'을 위해서 있는 것이다. 내 몸을 이루고 있는 모든 부분이 날카로운 끝 한 점에 수렴收斂될진대, 송곳이란 곧 날카로움이라고 해도 잘못은 아니겠지."

"아무렴. 끝이 뭉툭한 송곳은 더 이상 송곳이 아니니까."

"그렇다면 자네의 '뾰족한 끝'은 무엇인가?"

"……?"

"그것 아니면 자네가 자네일 수 없는 그것이 무엇인가?"

"……"

"그것 아닌 자네의 모든 부분이 오직 그것으로 수렴되는 그것이 무엇이냔 말이다."

"……"

"참고삼아 말해주지. 바울로라는 사람은 일찍이 그것을 '사랑'이라고 했네."

송곳의 날카로운 끝에 가슴이 찔려 나는 지금 아무 말 못하겠다. 다만, 바라건대 나 또한 바울로처럼 그렇게 말할 수 있기를…… 그리하여 송곳이란 곧 날카로움이라고 말할 수 있듯이, 내가 곧 사랑이라고, 그렇게 말할 수 있기를……

2.

사랑으로 표현하는 것들

모든 것이
사랑의
표현이다

부채

수덕사 법광法光 스님이 선물로 준 부채가 말을 걸어온다.

"내가 너에게 선물이 되었듯이 너도 누군가에게 선물이 되어라."

"한낱 부채인 주제에 네가 그렇게 말해서는 안 되지. 다시 말해보아라. 네가 스스로 나에게 선물이 되었는가?"

"그건 아니다. 법광이 나를 너에게 선물로 주었다."

"처음부터 그렇게 말했어야지."

이때 다른 음성 하나가 부채와 나 사이 틈을 타고 들어왔다.

"그 말도 잘못되었다. 눈에 보이는 현상을 말한 것일 뿐, 진상은 그게 아니다."

"무엇이 진상인가?"

"법광 모습의 내가, 부채 모습의 나를, 이현주 모습의 나에게 선물한 것이다."

"그런즉 내가 나에게 나를 선물한 것이란 말인가?"

"정확한 표현!"

"불가佛家에서 말하는 삼체개공三體皆空(주는 자도 공空이요, 받는 자도 공이요, 주고받는 물건 또한 공이다)이 그것 아닌가?"

"맞다."

"그렇다면 내가 나에게 나를 선물하는 까닭이 무언가?"

"선물을 주고받음은 '사랑'의 표현이다. 그리고 나는, 나를 표현하지 않고서는 존재할 수 없는 '사랑'이다. 사랑하지 않는 사랑은 사랑이 아니기 때문이다. 사랑은 명사가 아니라 동사다."

"그러면 갑이 을의 부채를 빼앗아 찢어버린 것도 갑의 모습을 한 내가 나를 빼앗아 찢어버린 것인가?"

"그렇다!"

"그것도 사랑의 표현인가?"

"그렇다."

"궤변이다."

"옳다."

"······?"

"논리라는 그릇으로는 담을 수 없는 신비가 여기 있다. 그림자가 그림자로 존재하려면 먼저 빛이 있어야 한다. 그림자는 빛의 다른 표현이다. 마찬가지로, 사랑 아닌 것도 사랑의 다른 표현인 것이다. 명심해 두어라. 이 세상에는 사랑의 표현 아닌 것이 존재할 수 없음을······ 모든 것이 내가 나에게 드러내는 나의 모습이다. 그래서 내 일찍이 천상천하天上天下에 유아독존唯我獨尊이라 하지 않았느냐?"

"······"

"······"

"그러면 이제 저는 무엇을 어떻게 해야 합니까?"

"부채가 부채로 되기 위해 무엇을 했더냐?"

"아무것도 하지 않았습니다."

"부채가 선물이 되기 위해 무엇을 했더냐?"

"아무것도 하지 않았습니다."

"너도 부채가 되어라."

"제가 어떻게 하면 부채로 될 수 있습니까?"

"네가 부채다."

자네 속에도
불이 타고
있네

향

향香이 피어오른다.

향에 숨어 있던 향이 불에 타면서 피어오른다.

타버린 재는 더 이상 향을 머금지 못한다. 그러니까 불붙은 향은 시방 세상에 하직을 고하고 있는 것이다. 저것을 '죽음'이라고 부른다면, 온몸의 향을 남김없이 쏟아놓고 사라지는 향의 죽음이야말로 얼마나 향기로운가?

"자네 속에도 불이 타고 있네. 무릇 생명이 살아있다는 건 그 속에 불이 타고 있음이라. 불 꺼지면 생명도 꺼지고 말지. 불에 타오르지 않는 향은 향이 아닐세."

"그렇지만 불이 당겨지기 전에도 네 몸에서는 향내가 나던데?"

"세상에 생명을 지니고 태어나기 전, 자네 몸에서도 향내가 났다네."

"그걸 네가 어찌 아느냐?"

"한 가지 이치가 만 가지 사물에 통한다는 것 모르나? 나를 보면 자네를 아는 거지."

"불붙기 전에도 이미 네 몸에서 향내가 풍겼는데 어째서 불에 타오르지 않는 향은 향이 아니라고 하느냐?"

"사람이면 다 사람인가? 사람이라야 사람이지."

"그래서 타오르지 않는 향은 향이 아니라는 말이냐?"

"자네는 내가 어디에서 왔다고 생각하는가?"

"내가 알기로는 향나무를 비롯한 여러 향료들을 섞어서 너를 만들었다."

"그것들은 모두 어디에 있는가?"

"대지大地에 있지."

"그리고 하늘에 있네. 하늘이 없으면 대지 또한 없으니까."

"그래서? 그것이 네 몸에 불이 타오르는 것과 무슨 상관인가?"

"자네는 '불'이 어디에 있다고 생각하나?"

"……"

"불은 내 몸에 향과 함께 처음부터 잠재되어 있었네. 자네가 불꽃을 당김으로써 내재된 불이 밖으로 타오르며 향내를 피우게 되지. 한번 불이 붙으면 그 뒤로는 내 몸이 스스로 불로 바뀌어 타오른다네. 누가 일부러 끄지 않는 한."

"……"

"가지 않는 길도 길인가?"

"……"

"사랑하지 않는 사랑도 사랑인가?"

"……"

"나는 불에 타서 피어오르기 위해 세상에 태어났다네. 고맙네. 자네가 나를 나로 살게 해주었으니."

"너는 시방 죽어가는 중이다."

"자네는 아닌가?"

"……"

"불꽃에 대하여, 어디서 오는지 알 수 없는 불꽃에 대하여,

우리 함께 감사하세. 자네의 인생도 나처럼 사라지면서 피어오르는 향내가 되기를……"

"내 인생이 과연 무슨 향내를 피울 수 있을지."

"그건 걱정 마시게. 자네가 어떤 향을 피울 것인지는 자네가 아니라 자네를 세상에 보내신 분이 이미 정해놓으셨으니 그대로 될 걸세."

"그럼, 내가 할 일이 무엇인가?"

"자네 눈에는 내가 시방 무엇을 하고 있는 것 같은가?"

"아무것도?"

"아무것도!"

버림받지
않았다

병뚜껑

병뚜껑은 우리가 '비밀'이라고 부르는 것과 비슷하다. 비밀은 감추어져 있는 동안 '힘'을 행사하지만 일단 밝혀지면 아무 힘이 없다. 그래서 "이미 드러나고 알려진 것에 너무 많은 눈길을 주지 말라"(루미)는 것일까? 뚜껑은 병의 입을 막고 있는 동안 존재 이유를 지니고 제 값을 한다. 그러다가 때가 되어 벗겨지면, 그 순간 문자 그대로 무용지물이 되어 잊히고 버려진다.

잔칫상 한 모퉁이. 무심無心으로 던져진 소주병 뚜껑을 손에 들고 가만히 들여다본다. 아무리 귀를 기울여도 소주병 뚜껑은 말이 없다. 사람들 떠드는 소리가 너무 시끄러워서일까? 그것 참!

그러고 보니 과연 그렇구나. 내 생전에 단 한 번도 '침묵'과 '술판'이 공존하는 걸 본 적이 없다. 술과 침묵은 한 하늘을 모실 수 없는 원수지간인가?

말없이 소리 없이 맑은 술에 몸을 적시며 앉아 있는 사람들 모습을 그려본다. 어떤 성스러운 기운이 그 자리를 맴돌 것 같다. 술 마시는 일도 수행修行의 한 방편이 될 수 있을 텐데……

억지로 말을 걸어본다.

"내가 너를 병뚜껑이라고 불러도 되겠느냐?"

"……"

"아니면, 병뚜껑이었다가 방금 쓰레기로 된 물건이라고 부를까?"

"자네가 나를 무슨 '이름'으로 부르든 그것은 내가 아닐세. 그러니 아무렇게나 자네 편하도록 부르시게. 상관없는 일이니……"

"버림받은 느낌이 어떠냐?"

"누가 나를 버렸는지 그건 모를 일이나 나는 버림받지 않았네. 아무도 내 허락 없이는 나를 버릴 수 없으니까."

"어째서?"

"누군가 나를 버려도 그것은 그가 한 짓이지 나하고는 아무 상관이 없네. 그의 '버림'을 내가 '받아들이지' 않는 한, 나는 버림받지 않는다네."

"그러나 지금 당장이라도 내가 너를 쓰레기통에 넣으면 너는 쓰레기로 되는 것 아닌가?"

"비록 쓰레기통에 던져져도 내가 나를 지키는 한, 나는 버림받은 쓰레기가 아니네. 자네는 절대로 나를 버릴 수 없을 거야. 왜냐하면 내가 그것을 허용하지 않을 테니까. 자네는 나를 다른 공간에 옮기거나, 밟아서 납작코로 만들 수 있지만 고작 그뿐일세. 그래서 나는 자네가 조금도 겁나지 않아. 예수님도 육신을 죽일 수 있을 뿐인 자를 겁내지 말라고 하셨지. 내가 정말로 두려워해야 할 대상은 나의 겉모양과 함께 그것을 있게 한 바탕까지 지옥에 던질 수 있는 자인데, 그가 누구겠는가? 바로 나일세. 오직 나만이 나를 지옥에 던질 수 있네. 염라대왕도 내 허락과 협조 없이는 나를 지옥에 보낼 수 없어. 그러니 내가 누구를, 무엇을 겁내겠나?"

"이야기가 좀 빗나갔다. 나는 너에게 누구를 겁내고 있느냐고 묻지 않았다. 버림받은 느낌이 어떠냐고 물었을 뿐이다."

"내 답은 버림을 받지 않았는데 새삼스레 무슨 느낌이 있겠느냐는 것이었네."

"그래도 병 입을 꼭 막고 있다가 비틀려 열리면서 더 이상 '뚜껑'으로서의 할 일을 못하게 되었는데 아무 소감이 없단 말이냐?"

"뚜껑이란 열리려고 있는 물건일세. 내 이제 바야흐로 소임을 완수했거늘 어찌하여 '할 일을 못하게 되었다'고 하는가? 굳이 소감을 묻는다면, 언제나 그랬듯이, 더 바랄 무엇이 없네. 자족自足이야."

만지작거리던 소주병 뚜껑을 술상 아래 슬그머니 밀쳐두고 사람들 이야기 속으로 어깨를 넣어본다. 재미있어 죽겠다는 듯이 웃고 떠들고 여전히 시끄러운데 어째서 나는 이다지도 모든 것이 다만 참을 수 없는 가벼움으로 느껴지는 것인가? 어쩌자고 나는 겨우 한 시간을 참지 못하고 정적靜寂에 이토록 목마른 것인가?

순결한
몸

호미

많은 농기구 가운데서 가장 간단하면서도 쓸모 많은 것이 아마도 호미리라. 저 작은 물건으로 가꾸어진 논밭을 생각하면 고개가 숙여진다. 그렇다. 호미를 잡은 손은 그 손의 임자가 누구든 간에 일단 성스럽다.

호미를 잡는 순간 사람 마음이 단순해지는 까닭은 호미의 순결함이 전달되어서가 아닐는지?

"내가 순결하다고?"

"그래. 내 눈에는 너만큼 순결한 물건도 없지 싶다."

"세상에 순결하지 않은 물건이 있는가?"

"……?"

"아무리 살펴보아도 찾을 수 없을 걸세. 왜냐하면 세상에는 순결하지 않은 물건이 없으니까."

"하나 있다."

"무엇인가?"

"인간!"

"아니야. 모든 인간이 다 순결하네. 나처럼…… 자네는 그걸 알아야 해."

"순결 타령은 그만하자. 봄이 되었으니 네가 바쁘게 되었구나."

"천만에, 나는 하나도 바쁘지 않아."

"……"

"하는 일이 있어야 바쁘든 말든 하지. 잘 보게. 내가 무슨 일을 바쁘게 하던가?"

"김도 매고 북도 돋우고 그러지 않느냐?"

"그 일을 내가 하던가?"

"……"

"밭이 없는데, 풀이 없는데, 농부가 없는데 내가 혼자서 김을 매던가?"

"……"

"온 세계가 아무 일도 하지 않으면서 모든 일을 하고 있네. 자네가 이 비밀을 아는가?"

그것
참
안됐군

찻주전자

물을 넣고 끓일 수는 없지만 끓는 물을 부어서 쓸 수 있는 찻주전자. 사람 몸처럼 지수화풍地水火風의 조화가 이루어낸 물건이다.

서재 한구석에 놓여 오랫동안 방치되어 있다. 그러고 보니 우리 집에 온 뒤로 한 번도 제 구실을 못한 것 같다. 조금 미안한 마음이 든다.

"미안할 것 없네."

늘 그렇듯이 이번에도 사물은 내 생각에 선뜻 동의하지 않는다.

"지금 이대로 나는 만족일세."

"주전자가 주전자 구실을 못해도 만족이란 말이냐?"

"자네가 말하는 그 '주전자 구실'이라는 게 무엇을 뜻하는가?"

"차를 우려 마실 때 더운 물을 담는 것이지."

"좋아. 그렇다면 사람이 사람 구실을 한다는 건 무엇인가?"

"사람이 사람으로 살아가는 것 아니겠느냐?"

"사람이 사람으로 살지 않는 수도 있나?"

"있지."

"예를 들어보게."

"어떤 사람은 짐승처럼 살고 있네."

"그렇다고 해서 그가 짐승으로 되는 건가?"

"아니, 그냥 짐승처럼 살아가는 거다."

"그러면 그는 사람 모양을 한 짐승이 아니라 짐승처럼 사는 사람이겠지?"

"그건 그렇군."

"주전자도 마찬가질세. 자네는 골동품 가게나 박물관에 가

보지 않았나? 거기 있는 주전자들은 시방 자네가 말하는 주전자 구실을 하고 있지 않네. 그래도 그들은 훌륭한 주전자로서 떳떳하고 만족스런 실존實存을 경험하고 있는 중일세.

나 또한 마찬가지야. 자네가 나를 찻주전자로 쓰든지 방 한구석에 놓아 먼지나 뒤집어쓰게 하든지, 그건 어디까지나 자네 일이네. 내가 상관할 바가 아니란 말이지. 대개 사람들은 자신이 무엇엔가 쓰여야 한다는 생각 때문에 쓸데없이 괴로워하고 있는 것 같더군.

사실은 말씀이야, 사람들이 나를 사용하거나 하지 않는 것은 나하고 아무 상관없는 일일세. 나는 이 모양으로 존재하는 동안 내 나름으로 재미있게 세상 구경을 즐기고 있네. 그러면 됐지. 내가 무엇 때문에 뜨거운 물을 속에 담지 못하여 안달한단 말인가? 알겠나? 나는 사용되기 위하여 태어난 몸이 아니라네."

"사람이 너를 만들 때는 그릇으로 쓰기 위해서가 아니냐?"

"그건 사람들 일이지. 나하고는 상관없는 일이라니까! 내가 상관할 바가 아니란 말이야. 물론 지금 자네가 말하는 '찻주전자 구실'을 하게 돼서 끓는 물이 내 속에 들어와도 역시 나는 만족일세."

"나도 너처럼 언제 어디서나 만족하며 살고 싶은데, 사람은 주전자가 아니라서 그럴 수가 없구나."

"그것 참 안됐네! 주전자를 만든 사람이 제가 만든 주전자만도 못해서야 어디 체면이 서겠나?"

"……"

"한 마디만 더 하지. 충고로 들어도 좋아. 누구한테 쓰임을 받으려고, 세상에 필요한 존재가 되려고 안달하지 말게. 창밖에 내리는 비한테 물어보라고. 너는 지금 누구한테 무슨 쓸모가 되려고 하늘에서 내려오는 거냐고. 부디 자네한테 지금 있는 것으로 오늘 하루만 사시게. 지금 자네가 가진 것만으로도 넉넉히 재미있게 살 수 있어. 그렇게 날마다 그날 하루만 살게나. 무엇보다도 자네의 건강을 위해서 하는 말일세. 그리고 그것이 바로 자네가 말하는 자연법自然法, 그러니까 하느님의 명命에 순종하는 삶 아니겠는가?"

본향
가는 길

도토리 껍질

"알맹이는 어디 두고 너 혼자 남아 지나는 길손의 발에 밟히느냐?"

"자네는 어머니를 어디에 모셔놓고 혼자서 쓸쓸한 가을 길을 걷고 있는가?"

"우리 어머니는 본향本鄕으로 가셨다."

"내 알맹이도 본향으로 갔다네."

"너도 그리로 가고 있지 않느냐?"

"자네 또한 그리로 가고 있지 않는가?"

문득, 도토리 껍질과 내가 한 본향으로 한 길을 함께 걷고 있다는 느낌에, 천지가 아득한 어머니 자궁이구나!

천국에는
교회가
없다

열쇠

한번은 열쇠를 잃어버려서 기술자를 시켜 아파트 문 자물쇠를 부수고 들어간 적이 있다. 열쇠를 잃어버리니 자물쇠가 부서진다. 열쇠 없는 자물쇠는 존재할 이유가 없는 것이다.

자물쇠 없는 열쇠도 마찬가지다. 아니, 그런 물건은 아예 없다. 여기에 열쇠가 있음은 저기에 자물쇠가 있음을 뜻한다. '여기'와 '저기'는 시공時空의 보이지 않는 끈으로 연결되어, 언제나 함께 있는 '여기'다. 마찬가지로 열쇠와 자물쇠도 늘 함께 있다. 열쇠는 자물쇠 때문에 있고 자물쇠는 열쇠로 말미암아 있다.

지금 내 열쇠는 내 손 안에 있다.

"아닐세. 나는 언제나 '바깥'에 있다네."

"이렇게 내가 너를 손에 들고 있는데 무슨 말이냐?"

"나를 손에 들고 있는 자네가 시방 '바깥'에 있지 않은가?"

"그건 그렇지."

"안에 있는 자는 열쇠를 몸에 지니지 않네. 왜냐하면 안에는 자물쇠가 없으니까. 아무것도 잠그지 않는 세계가 바로 '안의 세계'지. 안에 있으면 거기에는 장벽도 없고 문도 없어. 문이 없는데 자물쇠가 어찌 있으며 자물쇠가 없는데 열쇠가 어찌 있겠는가? 그래서 예수님과 하느님(아버지)은 '서로 안에' 있는 사이라네. 열쇠란 '바깥'에 있는 자한테만 있는 물건이거든."

"그렇다면 예수님이 베드로에게 천국 열쇠를 주신 것은 그를 천국 바깥에 두셨다는 말 아니냐?"

"그렇지. 그래서 그가 교회의 주춧돌 아닌가?"

"……?"

"천국에는 '교회'가 없다네."

"우리는 베드로를 천국의 수문장쯤으로 여기고 있는데."

"사람들이 그런 오해를 쉽게 하더군. 수문장한테 있는 것은 열쇠가 아니라 빗장이라네. 열쇠는 집주인 것이지. 예수님이 베드로에게 주신 것은 빗장 아닌 열쇠였어. 그리고…… 말이 나온 김에 비밀 아닌 비밀 하나 일러줄까?"

"말해보아라."

"예수님이 베드로에게 천국 열쇠를 주신 것은 곧 자네한테 천국 열쇠를 주신 것일세."

"내가 어찌 감히 베드로 성인聖人과 같단 말이냐?"

"자네가 어찌 베드로 성인과 다른가?"

"……?"

"그도 사람이고 자네도 사람일세. 그도 실수를 했고 자네도 실수를 했네. 그도 울었고 자네도 울었지. 정도의 차이야 있겠지만, 크게 보는 눈 앞에서 정도의 차이란 없는 것일세. 게다가 자네는 '교회'의 한 멤버 아닌가? 교회의 멤버와 교회의 주춧돌이 어떻게 서로 다른 몸일 수 있는가? 도대체 어떻게 자네와 베드로가 한 몸이 아니란 말인가? 베드로한테 있는 것은 자네한테 있는 것이요, 베드로한테 없는 것은 자네한테 없는 것일세."

"그렇다면 내게도 천국 열쇠가 있단 말이냐?"

"거기가 뉘 집인가? 자네 집 열쇠가 자네한테 없으면 뉘한 테 있단 말인가?"

"……"

"……!"

"……"

"하지만 자네 손에 내가 있더라도 자네가 나를 자물쇠에 넣고 돌리지 않는 한 나는 자네한테 없는 물건이네."

"내가 너를 잃어버릴 수도 있겠지."

"아니야! 자네는 (천국 열쇠인) 나를 잃어버릴 수 없어. 자네가 자물쇠고 자네가 열쇠거든. 자네가 천국에 들어가려면 자네 몸으로 자네를 열고 자네 속으로 들어가야 하네. 어디 다른 데 열쇠가 있는 줄 알면 그건 착각일세. 너무나도 많은 사람이 평생토록 그 착각에서 헤어나지 못하더군. 정말 딱한 일이야. 그러기에 자네 스승께서도 '다른 데서 찾지 말라'(切忌從他覓)고 하지 않으셨는가?"

대화가 벅차다. 잠시 숨을 고르고 쉬어야겠다.

겁나는
물건

두루마리 휴지

내가 어렸을 적만 해도, 그러니까 지금부터 50, 60년 전만
해도 종이로 무엇을 닦는다는 것은 생각하기 어려운 일이었
다. 그런데 지금은 두루마리 휴지가 말 그대로 휴지처럼 아무
데나 함부로(!) 쓰이고 있다. 휴지 한 장을 우습게 보는 인간
들로 말미암아 나는 늘 미안하고 민망스럽다.

잠깐 생각해 봐도, 두루마리 휴지 한 통이 있기까지 얼마나
많은 물자와 인력이 동원되었는지 모를 일이다. 단언하거니
와 인간이 요즘처럼 휴지를 우습게 여기고 함부로 쓰다가는

반드시 크게 낭패 볼 일이 생길 것이다.

"옳은 말씀! 사람들이 나를 휴지로만 보니까 그게 탈이다."

"그럼, 네가 휴지 아니고 무엇이냐?"

"나는 나무요 흙이요 물이요 공기요 태양이요…… 나는 모든 것이다."

"……?"

"만일 나무, 흙, 물, 공기, 태양……이 없다면 나는 없는 것이다."

"그것들이 없으면 인간도 없지."

"그러니 인간이 휴지를 함부로 쓰는 것은 인간이 인간을 함부로 쓰는 것과 다를 바 없다."

"……"

"내가 존재하는 이유는 무엇을 닦는 데 쓰이려는 것만이 아니다."

"……?"

"세상에는 한 물건도 함부로 다룰 수 있는 것이 없음을 사람들에게 일깨워주려고 내가 여기 이렇게 있지만, 아무도 나를 눈여겨보지 않는구나."

"......"

　"휴지를 그토록 자주 쓰면서 한 번도 휴지를 눈여겨보지 않다니! 인간은 과연 놀라운 물건이다. 겁나는 물건이야!"

모두가
옳은
말씀

죽필

스님들이 살생을 피하려고 모필毛筆 대신 만들었다는 대나무 붓. 대나무도 생명이긴 마찬가진데, 그래도 네 발로 돌아다니는 짐승보다는 잡기가 수월했던가? 모두 마음의 작용이렷다!

"대나무 막대기를 붓으로 변신시키다니? 과연 탄복할 만한 솜씨다."

"사람들의 손장난이 좀 심한 편이긴 하지."

"너는 자신에 대하여 소감이 어떠냐?"

"재미있는 임자를 만나 이런 모양을 갖추게는 되었지만 별무소감別無所感일세."

"다른 대나무 막대기에 견주어 스스로 자랑스럽지 않은가?"

"다른 대나무 막대기라니? 어떤 대나무 막대기?"

"예를 들면 아랫집 아저씨가 대나무 막대기로 오리 죽통을 젓고 있더군. 오리 죽통을 휘젓는 대나무 신세에 견주어 너는 적어도 예술에 참여하고 있지 않느냐?"

"그건 자네 생각일 뿐. 오리는 생명이고 오리죽도 생명인데 생명으로 생명을 기르는 일에 참여하는 것이야말로 진짜 예술 아닌가?"

"좋아. 그렇다면 동학군의 죽창은 어떠냐? 그것은 살생에 참여했는데……"

"살생은 어디까지나 사람들이 저질렀지. 대나무하고는 상관없는 일일세. 우리가 살생에 참여했다면 태양도 살생에 참여했지."

"어째서?"

"해가 하늘에서 비추지 않으면 어디에 생명이 있겠는가?

생명이 없으면 살생도 없는 걸세."

"잠깐! 너는 시방 살생에 참여하지 않았다고 했는데 조금 전에는 생명으로 생명을 기르는 일에 참여했다고 했다. 한 입으로 그렇다, 그렇지 않다 하고 있으니 어느 쪽이 옳은 말인가?"

"양쪽 다 옳은 말일세. 자네는 기연불연其然不然이라는 말 들어보지 못했나? 그렇다와 아니다를 한 입으로 말해야 비로소 진실에 가까운 인간의 말이 된다네."

"……"

"그건 그렇고, 자네가 어떤 대나무 막대기를 예로 들어도 나의 대답은 같을 수밖에 없어. 죽필도 죽창도 오리죽 젓는 막대기도 모두 같은 대나무니까. 대나무가 대나무를 대나무에 견주어 우쭐거리거나 풀이 죽거나 그럴 수는 없는 일 아닌가?"

"그래도 죽필은 죽필, 죽창은 죽창 아니냐?"

"누가 아니라고 했는가? 그래서 그것들을 무시하라고 하지 않았네. 속지 말라고 했지. 달마 스님이 '모양을 보지 않는 것이 곧 모양을 보는 것'(不見色卽是見色耳)이라고 하셨다는데, 모양에 속지 않는 것이 곧 모양을 제대로 보는 것이라는 말씀 아니겠나?"

냄새는
사라지지
않는다

떨어진 꽃

길바닥에 떨어져 있는 오동나무 꽃 한 송이를 주웠다. 떨어진 지 한 이틀 지났을까? 벌써 꽤 말랐는데도 아직 향이 짙다. 낙화落花에서도 향이 난다!

"놀랄 것 없네. 석유통에 석유가 한 방울 남지 않았어도 석유 냄새는 여전히 나지 않던가? 냄새란 그런 것이지."

"그래서 네 몸에도 이렇게 향이 남아 있는 것이냐?"

"내 몸이 완전히 말라 종이처럼 되어도, 그래도 냄새는 사라지지 않을 걸세."

"가루가 되어 없어진다면?"

"가루가 되는 것이 없어지는 것인가?"

"꽃의 형체가 없어진다는 말이다."

"가루가 되어도 냄새는 사라지지 않는다네. 다만 그쯤 되면 너무나도 미세하여 자네 코가 그것을 맡지 못하겠지."

"냄새란 그러고 보니 끈질긴 것이군."

"어디 냄새만 그런가? 세상에 없어지는 것은 없다네. 다만 끊임없이 바뀌고 있을 뿐이지. 내가 지금은 자네 코에 향긋한 냄새를 풍기고 있지만 며칠 뒤에 맡아보시게. 역겨워서 고개를 돌려버릴 게야. 왜냐하면 그때에는 향내 대신 썩은 내를 풍기고 있을 테니까. 피어 있는 꽃은 피어 있는 꽃의 향내를 풍기고 썩은 꽃은 썩은 내를 풍긴다네. 그렇다고 해서 썩은 내가 향내보다 '나쁜' 것이라고는 생각하지 마시게. 세상에 '나쁜 냄새'라는 건 없어. 사람과 벌 나비는 향내를 좋아하지만 썩은 내를 좋아하는 것들도 많이 있네."

"……"

"냄새란 존재의 질質일세. 존재하는 모든 것이 제 냄새를 지니게 마련이지. 조화에는 향이 없다고 하지만 잘 맡아보게.

무슨 냄새든지 날 테니까. 아무 냄새도 나지 않는다면 그것은 거기에 냄새가 없어서가 아니라 자네 코가 그것을 감지하지 못해서일세. 존재 없는 냄새 없고 냄새 없는 존재 없다네. 자네 몸에서도 지독한 냄새가 나는구먼. 알고 있는가?"

"가끔 아내가 그런 말을 했지. 나한테서 독특한 냄새가 난다고……"

"자네 몸에서 나는 냄새가 무슨 냄새든 어차피 냄새를 풍기게 되어 있는 것이 자네의 숙명일진대, 역겹고 썩은 내가 아니라 향긋한 향내이기를 바라겠네."

"그러려면 내가 어찌 해야 하겠는가?"

"냄새가 질을 결정하는 것이 아니라 질이 냄새를 결정한다는 사실을 명심하시게. 자네가 살아있으면 산 자의 향기를 낼 것이고 죽어 있으면 죽은 자의 악취를 풍기겠지. 물론 죽은 자의 악취라는 게 구더기들한테는 달콤한 향내가 되겠지만……"

"……"

"한 가지 더 있네. 냄새란 겉에서 속으로 들어가는 게 아니라 속에서 겉으로 나오게 되어 있어. 따라서 지금 자네 몸에 무엇을 바를 것이냐가 아니라 자네 몸에 무엇이 들어 있느냐,

그것이 문제일세. 바울로가 말하기를, 그리스도인은 그리스도의 향기라고 했지. 자기 속에 그리스도를 모시고 살아가는 자들이 그리스도인 아닌가? 이보게. 자네 속에는 무엇이 들어 있는가?"

그대 세면할 때, 그대의 진짜 얼굴을 볼 수 있는가?

오줌 눌 때, 참된 순결을 기억할 수 있는가?

먹을 때, 만물의 순환을 기억할 수 있는가?

걸을 때, 하늘의 선회旋回를 기억할 수 있는가?

일할 때, 그 하는 일로 말미암아 행복한가?

말할 때, 그대 말에 간교함이 섞이지 않았는가?

물건 살 때, 무엇이 필요한지 알고 있는가?

어려움 겪는 이를 만날 때, 그를 돕는가?

죽음을 당면할 때, 두려움 없이 맑은 정신인가?

갈등을 겪을 때, 조화를 이루고자 애쓰는가?

가족들과 함께 있을 때, 자애로 그들을 대하는가?

아이들을 기를 때, 부드러우면서 엄격한가?

문제를 만났을 때, 멀리 보고 끈기 있게 대처하는가?

일을 마쳤을 때, 쉬는 시간을 갖는가?

휴식을 준비할 때, 마음 가라앉히는 법을 알고 있는가?

잠잘 때, 절대 공空 속으로 들어가는가?

—덩 밍다오

진짜와
가짜

도기

목포의 가정주부 이 아무는 도공陶工 석산石山 선생 가마에 드나들면서 흙 좀 만지고 그릇 좀 굽더니 자칭 '도공 아무개'로 행세한다. 물론 나처럼 스스럼없이 대할 수 있는 사람에게만 우스개로 그러는 것일 게고, 나도 처음에는 그렇게 받아들였지만, 가만 생각해 보니 맹탕 우스갯소리만은 아니렸다.

이제 겨우 흙을 두드려 일그러진 모양의 그릇 몇 개 구워본 가정주부 이 아무와 사계斯界의 중견으로 명성을 얻은 석산 선생, 둘 가운데 누가 진짜 도공이고 누가 가짜 도공이라고 구분할 수 있는 잣대가 무엇인가? 그런 것이 과연 있기는 있는가? 이런 경우 이른바 전문가들이 나서겠지. 그런데 그들은 무엇을 기준하여 진짜 도공과 가짜 도공을 가려내는 것일까?

그럴 것 없이 곁에 전문가도 없는 터에, 있다 해도 그의 설명을 내가 받아들일 수 있을지도 모르겠고, 마침 이 아무 (자칭) 도공께서 떠넘기다시피(?) 선물한 화병이 내 방 서재에 놓여 있으니 직접 물어보기로 한다.

"네 생각은 어떠냐? 너를 만든 이 아무 주부가 진짜 도공이라고 생각하느냐?"

"내가 그 여자를 좀 알지. 진짜 사람일세."

"아니, 진짜 사람인 줄은 나도 알고 있다. 그가 진짜 도공이난 말이다."

"도공이면 도공이지, 진짜 가짜가 어디 있나?"

"무슨 말이지?"

"세상에는 도공이 있고, 도공 행세를 하면서 도공 아닌 자들이 있을 뿐이다. 도공 행세를 하지만 도공 아닌 자들에 대하여는 여기서 왈가왈부할 것 없고 남은 것은 도공인데 도공이면 도공이지 진짜 가짜가 어디 있나? 자네가 말한 그 여자는 틀림없는 도공이다. 그건 보증할 수 있어."

"자네가 무엇으로 보증하는가?"

"내가 바로 보증일세. 나를 보라고. 보되 자세히 애정 어린 눈으로 보란 말일세. 이 은근한 빛깔, 절묘하게 일그러진 모양, 얼마나 기막힌 작품인가? 이런 나를 빚은 사람이 도공 아니면 무엇이란 말인가?"

"그렇지만 그가 스스로 '나는 도공 아무개'라고 말할 때 사람들이 모두 웃는다. 그들이 웃는 이유는 설명 안 해도 되겠지?"

"자네도 웃었지. 그건 사람들이 돼먹지 않은 선입견으로 눈 멀었기 때문일세. 피카소가 세 살 때 그림을 그려놓고서 '나, 화가' 하고 말했다면 그때도 사람들은 웃었을 거야. 그게 사람이거든."

"……"

"그 여자가 처음 나를 빚을 때 얼마나 진지하고 정성스러웠는지, 그 조심스레 떨리던 손길을 잊을 수 없네. 그는 내가 알고 있는 최상의 유일한 도공일세."

"옳은 말씀! 감동적이군. 그런데 한 가지 더 묻고 싶은 게 있네. 금방, 도공 행세를 하지만 도공 아닌 자들이 있다고 했는데 누가 그런 자들인가? 있다면 그들이 가짜 도공이겠지."

"그들 가운데는 아주 유명해진 인물들도 있다네."

"누군가, 그들이?"

"자네는 목사니까 묻겠네. 목사가 설교하면서 사례비 받을 생각만 한다면, 돈 얼마 주겠다는 약속을 미리 받고서야 설교를 한다면, 그래도 그가 목사인가?"

"아니지."

"마찬가질세. 세상에는 그릇을 위해서, 그릇 굽는 행복을 위해서, 오직 그 이유로 그릇을 빚는 사람도 있지만 안 그런 자들도 많이 있다네."

허공의
무게

너트

볼트와 짝을 이루어 물건을 죄는 공구인 너트. 산책하는 발에 밟힌다. 주워서 손에 들고 말을 붙여본다.

"어쩌다가 짝을 잃고 떨어져 나와 길바닥에 뒹구느냐?"

"그게 뭐 어쨌단 말이냐?"

"그냥 물어보는 말이다."

"상관없는 일일세."

"네가 누구냐?"

"허공虛空이라네."

"뭐라구?"

"자네는 모든 물질의 99.999……퍼센트가 허공이요 나머지도 형체 없는 에너지로 변환되어 버린다는 사실이 양자 물리학에서 밝혀진 지 오랜 기초 상식임을 모르는가?"

"그렇다더군. 그러나 너는 지금 내 손 안에 있고 무게까지 느껴지는데?"

"그것을 착각이라고 하지. 허공은 허공의 무게를 느끼지 않네. 그건 불가능한 일이야. 자네 같은 사람들이 지금 거대한 착각 속에서 살고 있는 걸세."

모든
사건이
거울이다

밟혀 죽은 개구리

누구의 눈먼 발에 밟힌 것일까? 어린 청개구리 한 마리가 배알을 드러낸 채 포장된 도로 위에 엎드려 있다. 금방 숨진 모양이다. 주워서 손바닥에 얹어본다. 이 서늘한 감촉은 모든 정情을 거두었다는 뜻일까?

도대체 이 물건은 무엇인가? 밟혀 죽은 개구리인가? 밟혀 죽은 개구리의 시체인가?

생각해 보니 '밟혀 죽은 개구리'는 말이 안 된다. 지금 내 손에 얹혀 있는 물건은 '개구리'가 아니기 때문이다. '개구리'는

118

죽지 않는다. 아무리 큰 발도 온 세상 모든 개구리를 한꺼번에 밟아 죽일 수는 없는 일이다. 그러면 무엇인가? 이 물건은? 직접 물어본다.

"네가 무엇이냐?"

"그렇게 묻고 있는 너는 무엇이냐?"

"모른다."

"나도 모른다."

대화는 끊기고 침묵이 계속된다. 어느새 산책도 끝났는가? 집 안 마당이다.

방에 가지고 들어와서 책상 위에 종이를 깔고 얹어놓는다. 옆구리로 비주룩이 나와 있는 배알에서 진물이 흘러 종이를 적신다. 빨리 버려야겠다. 아니, 햇볕 잘 드는 곳에 두어 말려야겠다.

이 작고 귀여운 생명을 밟아 순식간에 주검으로 만들어버린 누군가의 발바닥에 대하여 언짢은 마음이 솟는다. 그때 문득 들리는 소리.

"그럴 것 없네. 지나간 일일세."

"그렇지만……"

"그렇지만? 그런 말 더 하지 말게. 해봤자 아무 소용없는 말을 무엇 때문에 자꾸 한단 말인가?"

"그가 조금만 조심했어도 너를 이 지경으로 만들지는 않았을 것 아니냐?"

"그러나 나는 이미 밟혔어. 이제 와서 어쩔 것인가? 그리고 자기 발이 밟는 자리를 일일이 살펴보며 걷는 사람이 과연 세상에 있던가? 자네는 그러고 있는가?"

"……"

"자네가 못하는 일을 그 사람도 못한 것뿐이네. 그를 비난하고 탓할 자격이 자네한테 있다고 보는가?"

"……"

"모든 '사건'은 일어날 만하고 일어날 수 있고 일어날 필요가 있고 일어날 수밖에 없어서 일어난 것일세. 따라서 세상에 '일어날 수 없는 일'이나 '있을 수 없는 일'이란 없는 거야. '있을 수 없는 일'은 일어나지 않네. 그러니 자네가 할 일은 눈앞에 벌어진 사건을 있는 그대로 받아들여 자신을 성찰하고 의식 수준을 높여 영혼을 진화시키는 쪽으로 활용하는 것뿐일세."

"……"

"마음에 새겨두게. 세상에서 일어나는 모든 '사건'은 그것이 어떤 사건이든 간에, 자네로 하여금 자기 모습을 살펴 고칠 게 있으면 고치고 버릴 게 있으면 버릴 수 있도록 도와주는 '거울'이라는 사실을. 바로 거기에 '사건'의 유일한 존재 의미가 있는 것일세."

"……"

"자네가 처음에는 나를 그냥 지나쳐갔다가 몇 걸음 만에 돌아와서 나를 들여다봄으로써 자네의 거울인 나의 존재 의미를 충족시켜 준 건 고맙네. 하기는 모두 자네를 위하여 자네가 한 일이니, 내가 새삼 고마워할 것도 없지만……"

"나는 너를 햇볕에 말리고자 한다. 어떻게 생각하느냐?"

"좋을 대로 하시게. 나와는 상관없는 일이니."

창을 열고 '밟혀 죽은 개구리의 시체'(가명)를 버리니, 마당에 잔돌이 잔디처럼 깔렸는지라, 마침 새까맣고 뾰족한 돌조각 위에 빨래처럼 내걸린다. 잘됐다!

최후의 단추를
누르는
손

원격 조종기

"사람들이 너를 만들어놓고, 원격 조종기remote control unit라는 이름을 붙였다. 소감이 있는가?"

"나는 그런 것 모른다."

"모르다니?"

"잘 알면서 왜 그러나? 나 같은 기계에 소감이 있다면 그것은 말이 되지 않는다. '느끼는' 게 없어서 기계 아닌가?"

"말 되는군. 그렇다면 네가 하는 일은 무엇이냐?"

"나는 아무 일도 하지 않는다."

아무 일도 하지 않는다는 원격 조종기를 들어 오디오 시스템을 겨냥하고 전원 단추를 누른다. 오디오 시스템에 불이 켜진다. 현재 상태로 시디compact disk를 들을 수 있게 돼 있으니 시디를 들을 생각이면 곡 선택 단추만 누르면 된다. 무작위 연주를 하라는 단추를 누른다. 오디오 시스템이 알았다는 듯 여러 곡들 가운데 하나를 선택하여 들려준다. 음악이 흐른다. 아름다운 여자 가수의 목소리, 파니스 안젤리코스…… 프랑크의 '생명의 양식'이다.

문득 이 방에 있는 모든 것이 원격 조종을 받고 있다는 느낌이 든다. 음악을 듣는 귀, 글을 쓰고 있는 손, 그것을 보는 나, 피어오르는 향, 창 밖에 지저귀는 아침 새들, 그 사이를 가득 메우는 고요함…… 모두가 리모트 컨트롤을 받고 있는 리모트 컨트롤이 아닐까? 끝없이 올라가는(또는 내려가는) 리모트 컨트롤의 계단…… 그 끝에는 누구의 손이 마침내 최후의 단추를 누르고 있는 것일까? 아니면, 그런 손은 영원히 어디에도 없는 것일까?

"자네가 나를 손에 넣고 단추를 누르는 순간 나는 네 몸의 '연장continuation'이 되는 것이다. 자네 손이 되어 오디오 시스템의 단추를 누르는 것이지. 그러니 누군가 일을 했다면 그건 내가 아니라 자네다. 안 그런가?"

"그렇다."

"지금 노래를 부르고 있는 저 가수는 이 시간에 잠을 자고 있거나 비행기로 어디를 여행중이거나 아니면 죽었는지도 모른다. 그런데도 저렇게 노래를 부르고 있군. 자네가 반복 단추를 누르면 하루 종일이라도 계속해서 부르고 또 부르겠지. 그러니 지금 이 방 안에 울려 퍼지고 있는 저 노래는 누가 부르는 것일까? 여자 가수인가? 자넨가? 오디오 시스템인가? 아니면 눈에 안 보이는 전자電子들의 행렬인가? 그것도 아니면, 자네로 하여금 나를 조작하여 오디오 시스템을 작동시킨 그 누군가?"

"나도 지금 누군가의 원격 조종을 받고 있다는, 그런 말이냐?"

"좋을 대로 생각하시게."

"그렇다면 누구냐? 이렇게 나를 조종하고 있는 것이."

"자네다."

"……?"

"자네는 빈틈없는 수동受動과 빈틈없는 능동能動의 빈틈없는 작동이네. 나처럼 그리고 세상에 존재하는 다른 모든 것처럼."

"나를 조종하는 나는 어디 있는가?"

"자네 가슴에 있지."

"내 가슴과 내가 어째서 원격으로 조종되는가?"

"그 거리가 참으로 까마득하게 멀기 때문이다. 많은 사람이 제 가슴을 하늘의 별만큼이나 멀리 떨어뜨려 놓고 산다네."

"……"

속삭이듯, 원격 조종기가 한 마디 덧붙인다.

"그러나 그 거리는 사실은 없는 것이네. 다른 누구도 아닌 바로 자네의 가슴 아닌가?"

'몸의 연장'에 관하여 생각나는 글.

베트남 전쟁이 한참 벌어지고 있는 동안 나는 살생을 멈추게 하려고 열심히 일했습니다. 유럽과 북미에 반전反戰을 호소하러 갔을 때 거기에서 나는 사랑, 이해, 평화 그리고 예수님의 얼이 몸에 배어 있는 수많은 그리스도인을 만났습니다. 그분들 덕분에 나는 예수님을 영적 스승으로, 영적 조상으로 모시게 되었습니다.

스웨덴의 한 영화 제작자가 나에게 물어왔습니다. "스님 생각에 예수님과 부처님이 오늘 만난다면 무슨 얘기를 나눌 것 같습니까?"

오늘 이 자리에서 그 질문에 대답해 볼까 합니다.

그 두 분은 오늘뿐만이 아니라 어제도 만나셨고 간밤에도 만나셨고 내일도 만나실 것입니다. 그분들은 언제나 내 안에 계시고 매우 화목하시며 서로 한 몸을 이루고 계십니다. 내 안에 계신 부처님과 예수님 사이에는 아무 갈등이 없습니다. 그분들은 내 안에 계시는 진짜 형제분이요 진짜 자매분입니다. 이것이 나의 대답입니다.

그리스도인은 예수님을 부모로, 조상으로 모시고 사는 예수님의 자녀입니다. 조상의 자녀인 우리는 조상의 연장된 몸입니다. 그리스도인은 예수 그리스도의 연장된 몸입니다. 그가 바로 예수 그리스도입니다. 이것이 내가 사물을 보는 방식이고 사람들을 보는 방식입니다.

불자佛者는 부처님의 자녀요 부처님의 연장된 몸입니다. 그가 바로 부처입니다……

그러므로 불자와 그리스도인이 만날 때 부처님과 예수님

이 만난다고 말하는 것은 진실입니다. 그분들은 그렇게 날마다 만나십니다. 유럽에서 미국에서 아시아에서 부처님과 예수님은 날마다 서로 만나고 계십니다. 만나서 무슨 말씀을 나누실까요?

—틱낫한의 1997년 성탄절 법어法語에서

두려울
것이 없는
이유

부서진 빨래집게

손잡이 부분이 부서진 빨래집게.

영락없이 버림받은 신세다. 자세히 살펴보니 머리 부분은 두 손으로 벌려서 쓰면 집게 구실을 넉넉히 할 수 있겠는데, 문제는 누가 그렇게 번잡한 짓을 하면서 이 물건을 계속 쓰겠느냐는 점이다.

"상관없네. 그런 일로 신경 쓸 것 없어."

제기랄! 이놈의 물건들은 언제나 지금 있는 상태로 만족이란 말인가? 늘 보면 불평하는 쪽은 나요, 불안한 쪽도 나다.

"그래, 우리에게는 두려울 것이 없네."

"그건 너희에게 생명이 없기 때문 아니냐?"

"그럴 듯하나, 천만의 말씀! 사람들 가운데도 우리처럼 만고에 두려울 것 없는 이들이 있던데, 그렇다면 그들도 생명이 없어서 그렇다는 말인가? 머리가 있거든 잘 생각해 보게."

비어서
쓸모
있다

집게

"사람들이 내 몸에 힘을 써서 나를 벌리고 무엇을 끼워놓지 않는 한, 언제나 나는 빈 몸일세. 나에게는 오직 내 몸이 있을 뿐이라네."

"그러나 그런 상태를 고집하면 너는 아무 데도 쓸모가 없다."

"나는 그 무엇도 고집하지 않네."

"좋아. 아무튼 그런 상태로 있는 한 너는 쓸모가 없는 물건이다."

"내가 이런 상태로 있으니까 쓸모가 있는 걸세. 자네는 그

롯이 비어 있어서 쓸모 있다는 말, 들어보지 못했나?"

"……"

"그리고 어째서 자네는 생각이 마냥 '쓸모' 쪽으로만 치닫는가? '쓸모'가 없으면 아무것도 아니라는 생각에서 그렇게도 벗어날 수 없단 말인가?"

"……"

"나는 내가 자네한테 쓸모가 있어도 그만, 쓸모가 없어도 그만이네. 쓸모가 있다 해도 어디까지나 자네한테 있는 것이고, 없어도 역시 자네한테 없는 것이니까."

"옳은 말이다. 내가 너 같은 사물을 볼 때마다 '쓸모'를 생각하는 것은 너보다 먼저 '쓸모'가 있었기 때문이다. 네가 '쓸모'를 낳은 게 아니라 '쓸모'가 너를 낳은 것이다."

"그러니 더욱 내가 나의 '쓸모'에 대하여 생각할 이유가 없는 거지. 자네들이 나를 어디엔가 쓰려고 만들었다면, 내가 나의 '쓸모'에 대하여 걱정할 근거가 없는 것 아닌가?"

"……"

"하기는 자네도 누군가 쓸모가 있어서 만들었을 테니. 자네의 '쓸모'에 대해서는 그 누군가에게 맡겨두고, 나처럼……"

3.

사라져서 사는 것들

돌아가는
몸짓

감꽃

바람이 분다. 감꽃이 떨어진다. 어렸을 때 감꽃을 줍던 손으로 지금은 돈을 세고 있다는 시인 김준태金準泰의 시구가 생각난다. 전문全文을 찾아 읽어보았으면 좋겠는데, 그럴 수 없는 형편이다.

떨어진 감꽃 하나를 주워 들여다본다. 앙증맞은 꽃이다. 아직은 부드럽게 물기가 남아 있지만 한 이틀 지나면 땅 색으로 돌아가면서 바짝 마를 것이다. 그리하여 가루로 부서지든지 흙에 묻혀 흙으로 돌아가겠지.

그러고 보니 이것은 떨어진 감꽃이 아니라 돌고 도는 대자연의 한 모습이렷다.

"잘 보았네. 나는 감나무에서 떨어진 게 아닐세."

"떨어진 게 아니라면?"

"내 뿌리가 묻혀 있는 대지로 돌아온 것이지."

"말 되는군."

"말 되는 정도가 아닐세. 있을 수 있는 유일한 말이지. 반자도지동反者道之動이라, 돌아가는 것이 도道의 움직임이라고 하지 않았나? 세상에 있는 물건치고 돌아가지 않는 것은 없다네. 도의 움직임 아닌 것이 없기 때문이지. 꽃이 피는 것도 돌아가는 몸짓이요, 벌 나비가 날아와 꿀을 따는 것도 그것들의 돌아가는 몸짓이요, 자네가 이렇게 나를 상대로 수작을 나누고 있는 것도 자네의 근본으로 돌아가는 몸짓이라네."

"그래서?"

"그래서는 무슨 그래서인가? 그렇다는 얘기지."

"그러니 무얼 어쩌라는 말이냐?"

"자네는 꼭 무엇을 어떻게 해야만 하는가? 딱한 종자種子로구먼!"

"……"

"굳이 원한다면 한 마디 해주지. 그래서 어쩌란 말이냐 하면 그러니까…… 그러니까, 요컨대 뭐냐 하면…… 안심하라는 얘길세. 싫으면 관두고……"

우리 안에 있는 비밀스런 회전回轉이

우주를 돌게 한다.

머리는 발에 대하여,

발은 머리에 대하여 서로 모른다.

상관없다.

그들은 계속 돌고 있다.

―루미

잘라
버리게

가위

"한 해가 저물어간다. 무슨 할 말 없느냐?"

"꾸물거릴 것 없지. 잘라버리게."

"무엇을?"

"자네가 과거라고 부르는 모든 것을!"

"과거란 본디 없는 것 아닌가? 없는 것을 어찌 자른단 말인가?"

"그래서 내가 '과거'를 자르라 하지 않고, '자네가 과거라고 부르는 것'을 자르라고 하지 않았나?"

"요컨대 내 마음을, 생각을 자르라는 말이군?"

"마음을 자르고서야 어찌 사람이 살겠나? 좀 더 쉽게 말해주지. 지난날 자네가 저지른 잘못에 대한 어두운 마음 또는 지난날 자네가 이루어놓은 성과에 대한 흐뭇한 마음 따위를 지워버리라는 말일세."

"그것들이 제멋대로 남아 있는데 내가 어찌 그것들을 지울 수 있겠나?"

"그것들이 제멋대로 남아 있게 버려두니까, 나아가서 자네가 그것들의 힘을 북돋아주니까 지워지지 않는 걸세."

"......?"

"집에 도둑이 들었네. 아무도 완력으로는 그를 쫓아버릴 수 없어. 자, 그를 어떻게 하겠는가?"

"두 눈 똑바로 뜨고 바라보겠다."

"바로 그걸세. 과거의 성과를 돌아보며 우쭐해지는 마음, 과거의 잘못에 사로잡혀 졸아붙는 마음, 그런 마음이 일어날 때마다 두 눈 똑바로 뜨고 그것들을 바라보게. 그것이 자네가 '과거'라고 부르는 것을 잘라버리는 거의 유일한 방법이네. 만일 자네가 그것들을 외면하거나 억누른다면 그것은 오히려 자네가 '과거'라고 부르는 것들의 힘을 북돋아주어 더욱

신나게 도둑질을 하도록 부추기는 결과를 가져올 뿐일세."

"그것들이 어째서 도둑인가?"

"도둑이지. 도둑도 아주 굉장한 도둑일세."

"……?"

"자네의 진짜 보물인 '오늘, 여기'를 훔쳐가지 않는가?"

"옳은 말이군."

"한 해가 저문다는 말은 한 해가 밝아온다는 말이기도 하지."

"……"

"밝아오는 해를 맞아 한 마디 해도 되겠나?"

"얼마든지!"

"꾸물거릴 것 없네. 잘라버리게."

"무엇을?"

"미래에 대한 설계와 함께 염려를!"

　나그네는 마침내 고향집에 이르렀다.

　저 영원한 자유 속에서

　그는 이 모든 슬픔으로부터 벗어났다.

　그를 묶고 있던 오랏줄은 풀리고

이 삶을 태우던

헛된 야망의 불길은 이제 꺼져버렸다.

멀리 더 멀리 보는 이는 높이 더 높이 난다.

그는 결코 한 곳에 머물지 않는다.

흰 새가 호수를 떠나 하늘 높이 날듯

이 집착의 집을 떠나 높이 더 높이 난다.

그는 대지와 같이 모든 걸 포용한다.

저 돌기둥처럼 든든하다.

호수처럼 깊고 맑다.

삶과 죽음이 끝없이 반복되는

삼사라(輪廻), 이 악순환으로부터

그는 멀리 벗어나 있다.

그는 그 영혼의 빛에서 자유를 발견한다.

거친 생각의 물결은 자고

뒤틀린 언어의 바람은 잔잔하다.

보라, 그의 행위는

이제 생명의 리듬을 타고 있다.

도시면 어떻고 시골이면 어떤가.

산 속이면 어떻고 또 시장 바닥이면 어떤가.

그 영혼이 깨어 있는 이에게는

이 모두가 축복의 땅인 것을.

—《법구경》(석지현 옮김), 7장, 90, 91, 95, 96, 98.

사라지는 것이
있어서
사는구나

종

맑은 종소리가 여운을 끌며 사·라·져·가·고 있다.

아쉽다. 저렇게 모든 것이 사라져야 하는 것인가?

종소리 더 이상 들리지 않는 곳에 아스라이 살아나는 고요!

그렇구나. 소리의 사라짐은 고요의 깨어남이다.

거기서 들려오는 다른 종소리.

"고마운 일 아닌가? 저렇게 사라질 수 있다니……"

"……"

"아름답지 않은가? 저렇게 사라지는 모습이."

"……"

"그리고 다행스런 일이 아닌가? 저렇게 때가 되어 사라진다는 사실이……"

"……"

그렇다.

사라진다는 것은 고맙고 아름답고 그리고 다행스런 일이다. 한번 울린 종소리가 사라지지 않고 계속 울린다면 그것은 종이 아니라 괴물이다. 그것을 누가 견뎌내리?

종소리가 사라져서 종이 사는구나!

안심이다.

나 또한 지금 이렇게 사라져가고 있는 중이니……

틱낫한의 게송偈頌

— 종소리를 들으면서 읊는

1

들어라, 들어라.

저 놀라운 소리가 나를 이끌어

그리운 고향으로 데려가네.

2

종소리를 들으면서

고통이 풀어지기 시작하는 것을 느낍니다.

마음은 고요하고 몸은 느슨해지고

입술에는 웃음이 살아납니다.

종소리를 따라서 호흡이 나를 이끌어

마음 모으기의 안전한 섬으로 데려갑니다.

내 가슴의 정원에 평화의 꽃 아름답게 피어납니다.

나무 석가모니불.

3

종소리를 들으면

내 모든 고통을 있는 그대로 바라볼 수 있다.

가슴은 고요하고 슬픔은 끝났다.

더 이상 무엇에도 얽매이지 않는다.

나의 고통과 다른 이의 고통에

귀 기울이는 법을 배운다.

내 속에 이해理解가 태어날 때

자비가 함께 태어난다.

그날은
반드시
온다

시계

"잊지 말게. 째깍 째깍 째깍…… 나는 자네들이 삶의 편의를 위해 만들어낸 발명품임을. 자네들이 나를 만들어내기 전에는 나는 없었다. 본디 나라는 물건은 없는 것이다. 속지 말게나. 째깍거리는 내 소리에. 이것은 시간이 흐르는 소리가 아니라 내 속에 장치된 톱니바퀴가 돌아가면서 내는 마찰음이다. 그러니 째깍거리는 소리에 신경을 곤두세워 초조해하거나 조바심을 낼 이유가 조금도 없다.

자네가 지금이라도 나를 들어서 바위에 던져버리면 째깍

거리는 소리는 사라지고 만다. 그러나 물론 그래도 시간은 흐르겠지. 아니, 흐르는 것은 시간이 아니다. 나처럼 자네들이 삶의 편의를 위해 만들어낸 것이 시간인데, 있지도 않은 시간이 어떻게 흐른단 말인가?

다만 모든 것이 끊임없이 바뀔 따름이다. 그리고 그 바뀜은 바뀌지 않는다. 강물은 끊임없이 흐르지만 강은 언제나 거기 있다. 흐르는 강은 흐르면서 흘러가 버리지를 않는다!"

"사람의 발명품은 한시적限時的이다. 컴퓨터가 나오면서 아무도 타자기를 쓰지 않듯이 우리가 더 이상 너를 상 위에 놓거나 벽에 걸지 않을 때가 올 것이다."

"아무렴! 그날은 반드시 온다.(자네한테는 그날이 멀지 않다.) 그러나 그날은 자네들이 '시계'를 대신할 새로운 물건을, 예컨대 타자기를 대신할 컴퓨터를 만들었듯이, 발명해 냄으로써가 아니라 '위대한 발견'을 함으로써 올 것이다. 언제나 발견은 발명보다 위대하다. 이제부터 너희는 발견의 장場으로 나아갈 것이다. 그래도 그날이 올 때까지는 나를 보아야겠지. 다만 보기는 하되 나한테(시간에) 얽매이지 말라는 그런 얘기다."

"내가 너한테 얽매이지 않으려면 어찌해야 하는가?"

"나를 얽매지 않으면 된다!"

마침내
사랑이다

휴대용 빗

대흥호텔이라는 글자가 새겨져 있는 휴대용 머리빗. 아내가 떠맡기다시피 억지로 주머니에 넣어준 물건이다. 대개 늘 그렇듯이 내가 먼저 말을 건넨다.

"네가 무엇이냐?"

"너는 나를 무엇이라고 생각하느냐?"

"너는 휴대용 머리빗이다."

"그건 나의 겉모습일 뿐이다."

"너의 속모습은 그렇다면 무엇이냐?"

"......"

"누군가 어떤 이유로 나를 만들었다. 나를 만들겠다는 그 마음이 이런 모양으로 표출된 것이다. 그러므로 나를 굳이 정의한다면, 빗 모양을 한 인간의 마음이다. 어찌 나만 그렇겠는가? 사람이 만든 모든 물건이 결국은 사람의 마음이 그런 모양으로 표출된 것이다."

"인간의 마음이란 무엇인가?"

"마침내 사랑이다. 그러므로 나는 빗 모양을 한 사랑이다."

"......"

"그건 너도 마찬가지다. 너는 사랑의 주체이면서 사랑의 결실이다. 네 부모의 사랑으로 네가 태어난 것이다. 네 부모 또한 그 부모의 사랑이 맺은 결실이다. 모든 인간이 사랑에서 나온 사랑의 자식들이다. 이 땅에 생명이 있든 없든, 존재하는 것은 모두 사랑에서 나왔다. 그러므로 사랑하는 길밖에는 걸어야 할 다른 길이 없는 것이다."

"세상에는 사랑하지 않는 자들도 있다."

"아니, 그런 사람은 없다."

"히틀러를 보라. 수많은 유대인을 죽이지 않았나?"

"사실이다. 그러나 그것도 사랑의 표현이었다."

"뭐라고?"

"그가 얼마나 자신을 사랑했는지 모른단 말인가?"

"그렇지만 그건 잘못된 사랑이었다."

"잘못된 사랑도 사랑이다."

"그렇다면 세상에 사랑의 표현 아닌 것이 없잖은가?"

"그렇다."

"그러면 우리는 어떻게 제대로 된 사랑을 할 것인가?"

"너를 사랑이신 그분께 맡겨라."

"어떻게 하는 것이 나를 사랑이신 그분께 맡기는 것인가?"

"나처럼 하면 된다. 나는 내 몸을 몽땅 너에게 맡겼다. 나는 온전히 네 것이다. 너는 나를 부러뜨릴 수도 있고 잃어버릴 수도 있고 잘 간직하여 머리를 빗을 때마다 사용할 수도 있다. 네가 나를 어떻게 하든 나는 상관치 않는다. 그것이 내가 사랑의 결실답게 너를 사랑하는 길이다. 너는 누구 것인가?"

"나는 내 것이다."

"너를 가진 너는 어디 있는가?"

"……"

"지금 네 앞에 있는 사물에서 그를 보지 못한다면 너는 끝내 그를 만나지 못하고 말 것이다. 너를 업신여기고 때리고 욕하고 마침내 죽이기까지 하는 자들에게 흔쾌히 너를 내어 줄 수 있는가? 저 옛날 나사렛의 젊은 랍비가 그랬듯이."

"……"

"네가 사랑이신 그분께 자신을 온전히 내어맡기지 않는 한 결코 그렇게 못할 것이다."

길에서
길을
찾아라

도토리나무 낙엽

한참동안 도토리나무 낙엽 하나를 손에 들고 바라본다. 볼수록 정교하고 아름답다. 그리고 놀랄 만큼 가볍다.

도대체 이것이 무엇인가? '도토리나무 낙엽'이라고 부르던 그것이 과연 이것일까?

아니다. 이것은 도토리나무 낙엽임에 틀림없지만 도토리나무 낙엽이 아니다.

"자네가 시방 자네 손바닥에 놓고 들여다보고 있는 것은 내가 아니라 내 발자취일세. 어떤가?"

"가볍군."

"가볍겠지. 무릇 발자취란, 그것이 무엇의 발자취든 간에 본디 가벼운 것 아닌가? 그림자에 무게가 없듯이."

"그렇다면 너는 누구의 발자취냐?"

"나의 정체를 밝히라는 얘긴가?"

"그렇다."

"그건, 자네도 알다시피 불가능일세. 인간의 어떤 말로도 내 정체를 드러내 보일 수가 없거든."

"네가 너의 발자취라면 너를 여기 이런 모양으로 남긴 너는 지금 어디 있느냐?"

"나는 아무 데도 '가지' 않았네. 여기 '있는' 내가 보이지 않는가? 나에게는 언제나 '여기'밖에 없는데, 내가 여기를 떠나 어디로 간단 말인가?"

"그러나 너는 네 입으로 '자네가 보고 있는 것은 내가 아니라 내 발자취'라고 하지 않았느냐?"

"그랬지."

"그렇다면 너의 발자취 아닌 '너'가 따로 있다는 얘기 아니냐?"

"옳다."

"도대체 말이 되지 않는군."

"말이 안 되니 오히려 말이 되는 걸세. 자, 생각해 보시게. 나는 낙엽이야! 맞는가?"

"맞다."

"낙엽이라는 말은 어디에서 떨어진(落) 잎(葉)이라는 말인데 내가 어디에서 떨어졌는가?"

"도토리나무지."

"내가 도토리나무에서 떨어졌다는 얘기는 내가 도토리나무에 붙어 있었다는 얘기겠지?"

"……"

"내가 어디에서 바람 타고 날아와 도토리나무에 붙었는가?"

"아니다."

"나는 도토리나무에서 나왔네. 도토리나무와 나는 한 몸이었지. 자네 손과 자네가 한 몸이듯이. 그러니까 나는 도토리나무 잎이면서 도토리나무였다는 그런 얘길세."

"……"

"내가 도토리나무라면, 나무가 돌아다니지 못한다는 건 삼

척동자도 알 터인데, 나보고 어디로 갔냐고 묻는 건 좀 이상한 질문 아닌가?"

"그건 그렇지만, 너는 나무에서 떨어지는 순간 더 이상 나무가 아니다. 너를 나무와 동일시하는 것 자체가 억지스럽다."

"그렇게 보면 그렇겠지. 그러나 다르게 보면 다르네. 그래서 내가 나의 발자취라고 하지 않았나? 나무에서 떨어진 것은 내가 아니라 내 발자취라네. 겉으로 드러나 자네 눈에 보이는 것은 언제나 내 발자취일 뿐 내가 아닐세. 그건 내가 푸른색 옷을 입고 나무에 붙어 있을 때도 마찬가지지. 나는 자네 눈에 보이지 않는다네."

"……"

"자네 눈은 나를 볼 수 없어. 그건 자네 눈이 자네 눈을 보지 못하는 것과 비슷하지. 그러나 한편 자네는 사물을 보면서 그 사물을 통해 자네한테 눈이 있음을 알 수 있네. 마찬가지로 내 발자취에서 자네는 나를 볼 수도 있지. 적어도 이론상으로는 그렇다네."

"이론상이라?"

"그래, 이론상!"

'대화'로 보기 어려운 '상념想念'이 여기까지 이어졌을 때 갑자기 '도토리나무 낙엽'이 말허리를 끊고 한 마디 던진다.

"내가 나의 발자취이듯 너 또한 너의 발자취다. 나한테서 나를 보려 하지 말고 너한테서 너를 보아라. 나는 네 곁에 스치듯이 있다가, 말 그대로, 자취도 없이 사라지겠지만 너는 네가 숨지는 순간까지 너와 함께 있다. 길을 떠나서 길을 찾지 말고 길에서 길을 찾아라."

"……"

세상이
아늑하고
평안하다

호박 덩굴손

호박에는 덩굴손이 있다. 덩굴손을 한자로는 권수卷鬚라고 하는데 사전에 보니, '가지나 잎이 변형하여 실같이 되어 다른 물건에 감기어서 줄기를 지탱하게 하는 가는 덩굴'로 풀이되어 있다.

사전에서 얻은 지식을 가지고 호박 덩굴손을 만난다.

"네가 잎의 변형이라고 했는데 과연 그러하냐?"

"……"

"……?"

"……"

"너를 두고, 잎의 변형이라고 말하는 것과 (덩굴손으로) 변형된 잎이라고 말하는 것은 같은 말인가, 다른 말인가?"

"……"

오늘, 호박 덩굴손의 침묵은 암팡지다. 좀처럼 깨어질 것 같지 않다. 내 머리는, 이어지는 침묵의 무게를 견디지 못하고 자꾸만 흔들린다.

"그렇게 허공으로 몸을 뻗어 무엇을 잡으려는 것이냐?"

"……"

"삶의 치열한 몸부림인가?"

"……"

"아니면, 넉넉한 기다림인가?"

"……"

"아니면, 이도 저도 아니고 아무것도 아닌가?"

"……"

"……"

"……"

끝내 덩굴손은 말이 없다. 나 또한 말을 접기로 한다. 문득, 세상이 아늑하고 평안하다.

엊그제 이혼 소식을 전해온 후배에게 잘했다고 답장을 써야겠다. 그렇다. 맺어지는 것이 아름답다면 풀어지는 것도 아름다움이요, 만나는 것이 축복이라면 헤어지는 것도 축복이다. 모든 것이 모든 것의 변형 아닌가?

이름과
이름의
주인

날벌레

이름을 알 수 없는 날벌레 한 마리, 책상머리에 와 앉더니 움직일 줄 모른다. 겉모양은 대강 시늉하여 그려보지만 저 검게 빛나는 아름다움은 도저히 그릴 수 없다. 인간이 어떤 물건인가? 눈에 띄는 대로 이름을 지어주지 않고는 못 배기는 성질에, 이 벌레에겐들 어찌 이름을 달아주지 않았겠는가만, 다행이다! 나는 이 벌레의 이름을 모른다.

무엇을 또는 누구를 만날 때 상대의 이름을 먼저 아는 것이 과연 그 만남의 순수에 빛을 비출까? 아니면 그늘을 드리울

까? 내가 이름을 불렀을 때 너는 내게로 와서 꽃이 되었다고 노래한 시인이 있더라만, 정말 그럴까? 이름을 안다는 게 그게 과연 둘의 만남을 꽃으로 피어나게만 할까?

산길을 가다가 누가 "이게 무슨 나무지?" 하고 물을 때 "응, 그건 층층나무야!" 하고 대답하는 사람의 얼굴을 본다. 나무를 알고 있다는 착각이 그 얼굴에서 빛난다. 나는 속으로 웃는다.

그가 알고 있는 것은 나무 이름이지 나무가 아니다. 아니, 그것도 아니다. 나무 이름이 아니라 나무에 붙여진 이름이다. 나무 이름은 나무가 스스로 가지고 태어난 것이 아니라 사람이 일방적으로 붙여준 것이다. 그러니 이름에 주인이 있다면 그것은 나무가 아니라 사람이다. 층층나무에 다가가 슬그머니 물어본다. '네가 층층나무냐?' 그렇다는 대답을 나는 단 한 번도 들어본 적이 없다.

"따라서, 나는 '날벌레'도 아닐세."

저 물건이 새까만 머리를 불빛에 반들거리며 말을 걸어온다.

"그러면 무엇이냐?"

"나를 어떤 이름으로 부르든 그것은 자네들 마음이지만, 알아두시게. 어떤 이름도 내 진짜 이름이 아니라는 것을."

"……"

"그리고 그것은 자네한테도 마찬가질세. 자네 이름은 자네가 아니네."

"그쯤은 나도 알고 있다."

"알면 뭘 하나? 그대로 살지 못할 바에야."

"……"

"우리가 서로 이름을 지니는 것은 이름 없이 만나기 위해서일세. 통성명을 하는 즉시 이름 따위 치워버리게. 그래야 우리가 말 그대로 만물과 일체되어 살아갈 수 있네. 옛 어른 말씀에 도상무명道常無名이라 하지 않았나? 세상에 도道 아닌 물건이 없거늘, 무엇이 그 이름을 끝내 고집한단 말인가?"

말을 마치면서 이름을 알 수 없는 조그맣고 까만 물건이 날개를 펼치고 날아가 버린다. 눈 깜빡할 사이 일이다. 어디로 갔는지, 아무리 살펴보아도 보이지 않는다.

짝을
부르는
이

매미

매미에게 묻는다.

"네가 무엇이냐? 매미냐?"

"아니다."

"그럼 무엇이냐? 곤충이냐?"

"아니다."

"그렇다면 동물이냐?"

"아니다."

"생명이냐?"

"아니다."

"그럼 무엇이냐? 네 입으로 말해보아라."

"......"

"......"

"짝을 찾아 부르는 이의 소리다."

매미가 묻는다.

"너는 무엇이냐? 사람이냐?"

"아니다."

"그럼 무엇이냐? 남자냐?"

"아니다."

"목사냐?"

"아니다."

"나그네냐?"

"아니다."

"그럼 무엇이냐? 네 입으로 말해보아라."

"......"

"......"

"짝을 찾아 부르는 이에게로 돌아가는 발걸음이다."

우리가 떨어져야
우리가
살아남는다

감

너무 많은 열매가 맺혔기 때문일까? 감나무가 스스로 덜어 내듯이, 이제 막 생겨난 열매를 툭 툭 떨어뜨린다. 사정없이 떨어져 길바닥에 나뒹구는 것들 가운데 하나를 주워 손바닥에 올려놓는다. 제법 무게가 느껴진다. 꼭지 부분이, 톱밥 담은 주머니처럼 움푹 들어가 있다.

이렇게 속이 부스러졌으니 더 이상 꼭지에 달려 있을 수 없었겠지. 여기서도 이른바 적자생존의 원칙인가? 감나무를 올려다본다. 많은 열매들이 싱싱한 6월의 감나무 잎들 사이에

매달려 있다. 햇빛을 받아 반들거린다.

떨어진 열매들과 달려 있는 열매들, 무엇이 이들의 운명을 갈라놓은 것일까?

"우리는 같은 운명이라네. 같은 길을 가고 있지."

"같은 길이라고? 너는 이렇게 떨어져 길바닥을 뒹굴고 다른 열매들은 저렇게 나무에 달려 있는데, 그런데 같은 길을 가고 있다고?"

"보기에 따라 달리 보일 수도 있겠지."

"그러면, 보기에 따라 같아 보일 수 있단 말이군?"

"사람들은 흔히 '움직일 수 없는 객관적 사실'이라는 말을 쓰지만, 그런 것은 세상에 없다네. 다만 그것을 그렇다고 보는 관념이 있을 따름인데, 그 관념 자체가 또한 수없이 바뀌고 달라지고 그러지."

"……"

"우리가 만일 우리 자신을 나무에 달려 있는 열매들에 견주어 불행하다고 생각한다면 우리는 불행한 존재가 되는 걸세. 그러나 우리는 우리를 나무에 달려 있는 열매들과 견주어보지 않네."

"……"

"우리는 하나이면서 같은 운명체거든. 떨어진 열매들이 없으면 달려 있는 열매들도 없다네."

"……?"

"사전을 찾아보시게. '낙과落果'라는 단어가 있을 것이네."

"있어. '내부적 외부적인 원인으로 과실이 발육 도중에 나무에서 떨어지는 일'이라고 풀이돼 있네."

"우리는 '내부적 원인'으로 떨어진 열매에 해당되겠군."

"무엇이 내부적 원인인가?"

"우리가 이렇게 떨어지지 않으면 열매들이 제대로 건강하게 자라지를 못한다네. 어머니 몸에서 젖이 무한량 나지 않거든."

"어머니라니?"

"저 감나무가 우리 어머니 아닌가?"

"오, 그러니까 네가 너를 희생하여 다른 열매를 살린단 말이냐?"

"희생? 희생이 무엇인가?"

"남을 위해서 나를 죽이는 일이지."

"우린 그런 일 할 줄 모른다네. 어떻게 남을 위해 나를 죽인단 말인가?"

"희생은 숭고하고 아름다운 일이다!"

"그건 자네 생각이고, 도대체 남이 없는데 어떻게 남을 위해서 나를 죽인단 말인가? 우리가 이렇게 떨어져야 우리가 살아남는단 말일세. 아직도 내 말을 못 알아듣겠나?"

죽어도
죽지 않는

민들레 씨앗

민들레 씨앗, 바람 타고 날아다니다가 부드러운 흙을 만나면 그 품에 뿌리를 내리고 제 어미 모습으로 돌아간다.

"네 모양이 낙하산처럼 생겼구나."

"아니지. 낙하산이 내 모양처럼 생겼다고 해야지."

"옳은 말이다. 낙하산보다 네가 먼저 있었으니."

"그렇지만 상관없어. 그런 건 중요하지 않으니까."

"너에게 중요한 것은 무엇이냐?"

"중요한 것? 그런 건 없어. 중요하지 않은 것들은 많지만"

"바람 타고 다니다가 흙을 만나는 일 따위도 중요하지 않다고?"

"바람은 불게 돼 있고 흙은 늘 거기 있잖아?"

"흙을 만나지 못해서 뿌리를 못 내릴 수도 있을 텐데?"

"물론 그럴 수 있지만, 그래도 상관없어. 나는 죽어도 나는 죽지 않거든."

"……?"

"나는 민들레 씨앗이면서 민들레라네. 자네는 자네가 죽으면 사람이 죽을까봐 걱정되는가?"

외로움은
없는
것

정관평의 돌

《원불교전서圓佛教全書》교사教史 제1편 4장에 다음과 같은 글이 적혀 있다.

원기 3년(1918. 무오년) 3월에 대종사 저축조합의 저축금을 수합하신 후 조합원들에게 말씀하시기를 "이제는 어떠한 사업이나 가히 경영할 만한 약간의 기본금을 얻었으니, 이것으로 사업에 착수하여야 할 것인바, 나의 심중에 일찍이 한 계획이 있으니 그대들은 잘 생각해 보라" 하시고 길룡리 앞 바닷물 내왕하는 간석지를 가리키시며, "이것은 모든 사람의 버려둔 바라. 우리가 언壋을 막아 논을 만들면 몇 해 안에 완전한 논이 될 뿐더러 적으나마 국가 사회의 생산에 도움이 될 것이다. 이러한 개척 사업부터 시작하여 처음부터 공익의 길로 나아감이 어떠하냐?" 하시었다. 조합원들은 원래 신심이 독실한 중에 몇 번의 증험도 있었으므로, 대종사의 말씀에는 다른 사량 계교를 내지 아니하고 오직 절대 복종하였다. 이에, 일제히 명을 받들어 오직 순일한 마음으로 지사불변至死不變하겠다는 서약을 올리고 다음날로 곧 방언 공사에 착수하였다.

조합원들이 공사에 착수하니 근방 사람들은 이 말을 듣고 모두 냉소하여, 혹은 장차 성공치 못할 것을 단언하며 장담하는 이도 있었다. 그러나 조합원들은 그 비평 조소에 조금도 끌리지 아니하고, 용기를 더욱 내며 뜻을 더욱 굳게 하여 일심합력으로 악전고투를 계속하였다. 삼복 성염三伏盛炎에는 더위를 무릅쓰고, 삭풍한설에는 추위를 헤치면서, 한편은 인부들을 독촉하고 한편은 직접 흙 짐을 져서 조금도 피곤한 기색을 보이지 않았다.

172

방언 공사는 이듬해인 원기 4년(1919. 기미년) 3월에 준공되니 공사 기간은 만 1개년이요, 간척 농토 면적은 2만 6천여 평이었다.

대종사, 피땀의 정성어린 새 농장을 '정관평'이라 이름하시니, 이는 오직 대종사의 탁월하신 영도력과 9인 제자의 일심합력으로써 영육쌍전靈肉雙全의 실지 표본을 보이시고, 새 회상 창립의 경제적 기초를 세우신 일대 작업이었다.

작년이었던가? 영광靈光에 있는 원불교 영산성지靈山聖地에 갔다가 정관평 둑에서 주먹만한 돌멩이 하나를 주워왔다. 지금 내가 앉아서 이 글을 쓰고 있는 집의 상량일上樑日이 '대정大正 칠년 칠월……'이니 대종사가 방언 공사를 시작한 바로 그 해(1918)다.

나는 이 돌을 기도실 한구석에 두고, 80년 전 아무도 눈여겨보지 않는 곳에서 20대 스승의 말 한 마디에 묵묵히 복종하여 오로지 등짐으로 돌을 져 날랐을 도인들의 모습을 자주 떠올리고자 하였다.

어느 날, 이 돌과 짧은 대화가 이루어졌다.

"네가 정관평 둑을 떠나 멀리 이곳까지 와서 어두운 방에 갇힌 지 오래니 전에 있던 자리가 그립지 아니하냐?"

"……"

"외롭지 아니하냐?"

"외롭지 않다. 여기에도 곁에 촛대가 있고 향로도 있고 또 요즘에는 노래기도 심심찮게 돌아다니니 외로울 까닭이 없다."

"그래도 처음부터 함께 있던 동무들을 떠나지 않았느냐?"

"처음부터 함께 있던 동무들이라니?"

"정관평의 다른 돌들 말이다."

"아니다. 처음부터 나는 혼자 있었다. 그리고 언제 어디서나 내 곁에는 누군가가 반드시 있었다. 그러니 자네가 나를 정관평 들에서 주워오기 전이나 주워온 뒤나 나에게 달라진 바가 아무것도 없다."

"그래도 네가 외로워 보이는 것은 어쩔 수 없다."

"그건 자네 생각일 뿐 나와는 아무 관계가 없다. 게다가 나는 돌이다."

"……"

"외로움이란 실재實在가 아니라 관념이다. 관념에서 오는

174

착각이다. 자네들이 말하는 '외로운 사람'이란 자기가 외롭다는 착각에 갇혀 있는 사람이다. 외롭다는 것은 혼자 떨어져 있다는 말인데 신神은 만물을 지을 때 아무리 작은 것도 그것만 따로 떼어내어 짓지 않았다. 사실 그것은 신의 능력으로도 불가능한 일이었다. 보라. '이웃'이 없는 존재가 세상에 있는가? 나무는 흙에 뿌리 내리고 새는 허공에 날개를 띄운다. 특히 인간에게는 여섯 개나 되는 문門이 있고 거기에 맞추어 여섯 경계(六界)가 엄연히 존재하는데(눈-色, 귀-聲, 코-香, 혀-味, 살갗-觸, 생각-法), 스스로 문을 닫아놓고서 나는 외롭다, 나는 어둡다고 말하는 것이야 어쩔 수 없는 일이겠지만 그것은 어디까지나 공연한 엄살이요, 무지無知에 뿌리 내린 착각에 지나지 않는 것이다."

자연의
힘

아기 솔방울

무슨 까닭인지 아직 어린 솔방울이 떨어져 있다. 떨어질 때가 아닌데 떨어져 있으니 '좌절된 꿈'이라 할까?

돋보기 쓰고 자세히 들여다본다. 비록 때 이르게 떨어지기는 했지만 그 정연한 질서의 흔적에는 빈틈이 없다. 그렇다. 자연은 그 자체가 완벽한 질서다.

내일 모레면 8월 15일이다. 이 나라 남쪽과 북쪽에서 헤어져 살아온 피붙이들이 눈물 뿌리며 만나기로 된 날이다. 이에 대한 소감을 아기 솔방울에게 물어본다.

"사람이 아무리 날고뛴다 해도 자연의 힘을 끝내 거스를 수는 없지. 이번 8월 15일에 있을 '만남'은 사람의 억지가 얼마나 힘없는 것인지를 보여주는 사건이라고 보네."

"무슨 뜻이냐?"

"피붙이를 서로 떨어뜨려 놓는 것은 억지야. 억지는 자연을 거스르지만, 그래서 얼마 못 가지."

"네가 때도 아닌데 나무에서 떨어진 것은 억지가 아니냐?"

"아닐세. 사람의 손만 닿지 않으면 '억지'란 어디에도 있을 수 없지. 나는 떨어질 만한 이유가 있었고, 그래서 떨어지려 할 때에 정확하게 떨어졌다네."

"……?"

"사람들만이 억지를 부리지. 그렇지만 인간의 억지란 흐르는 물을 막는 댐과 같아서 넘치거나 터지게 마련일세. 이번에 두 김씨가 평양에서 만나 일을 벌인 것도 더 이상 두 정권이 억지를 부릴 수 없어서 움켜잡고 있던 손을 놓아버린 것에 지나지 않는다네. 자네들 말로 병 주고 나서 약 주는 격이지. 역사란 그렇게 흘러가는 강이라네. 이번 일은 거대한 자연의 힘에 인력의 억지가 무너진 결과일세."

"……"

"무엇이 자연의 힘이겠나?"

"······?"

빈틈없는 질서 그리고 그 열매인 아름다운 조화야말로 자연의 힘 아닐까? 모르겠다.

인간 존재가 자연의 일부이자 자연이라는 사실, 이것만이 인간에 대한 절망을 극복할 유일한 희망이겠다.

끔찍한
발명품

클로버 서표

어느 천주교 교우로부터 선물로 받은 서표bookmark. 다섯 잎 클로버를 코팅 처리한 것이다. 클로버는 보통 세 잎이 나오게 돼 있으므로 이것은 말하자면 태생 변형인 셈이다. 어쩌다가 사람 눈에 띄어 이 모양으로 내 앞에 존재하는가? 볼수록 답답한 느낌이 든다.

"자네는 나를 잘 보관해 주시게."
"왜?"

"썩어야 할 물건이 썩지 못한다는 게 얼마나 답답하고 괴로운 일인지를 나를 보면서 느껴보게나. 살아가는 데 도움이 될 걸세."

"……?"

"식물이든 동물이든, 그 몸이 썩어서 제 본질로 돌아갈 수 있다는 것이야말로 최후의 은총이라네. 썩기 위해서는 몸이 열려 있어야 해. 나처럼 빈틈없이 밀폐되어 있으면 썩을 수가 없네."

"코팅이란 정말 끔찍한 인간의 발명품이군."

"맞았어. 누에가 고치를 짓기는 하지만 이렇게 숨통을 틀어막지는 않는다네. 조심하시게. 코팅을 쓰는 자, 코팅으로 망하는 법!"

벌레가 나뭇잎을
갉아먹지
않으면

감나무 잎

감나무 밑으로 길이 있어, 그리로 걷다 보면 자꾸만 밟히는 것들이 있다. 아직 때가 되지 않았는데 서둘러(?) 낙엽으로 져 버린 것들이다. 그 가운데 하나를 주워 들고 들여다본다.

나면서부터 그랬을까? 한쪽 옆이 오그라들어 아예 펼쳐지지 못했고, 그나마 벌레 먹은 흔적이 뚫어진 구멍으로 남아 있다.

이 잎이 이렇게 된 데는 그럴 만한(그럴 수밖에 없는) 이유가 있겠지만, 햇빛을 받아 윤택한 다른 잎들에 견주면 불행한 모습이 아닐 수 없다.

"내가 불행한 모습이 아닐 수 없다고?"

"안 그러냐?"

"그건 자네 생각일 뿐이지."

"그쯤은 나도 알고 있다. 그러나 사실이 그렇지 않느냐? 같은 감나무에 같은 잎으로 피어나서 다른 잎들은 저렇게 번쩍거리며 싱싱한 모습을 뽐내고 있는데 너는 이 모양으로 병신에다가 벌레까지 먹어 일찌감치 낙엽 신세가 되고 말았다. 그것을 불행한 모습으로 보는 게 잘못이냐?"

"나는 자네 생각일 뿐이라고 했지, 자네의 생각이 잘못이라고는 하지 않았네."

"그 말이 그 말 아니냐? 내 생각일 뿐이라고 했으니 너는 다르게 생각한다는 말 아니냐?"

"그렇지. 그런데 그게 왜 자네 생각이 잘못이라는 말과 같은 말로 되는가? 자네 생각도 옳고 내 생각도 옳고, 그럴 수는 없는 건가?"

"……"

"서로 같지 않으면 어느 한쪽이 틀렸다고 보는 자네 생각의

버릇이야말로 문제일세. 어려서부터 너무 많은 'O × 문제'를
풀다보니 그렇게 됐는지 모르겠네만……"

"좋다. 그럼 너에 대한 네 생각은 어떠냐?"

"나는 지금 매우 영광스럽다네."

"영광스럽다고?"

"그래."

"무엇이 그렇게 영광스러운가?"

"내가 시방 만물의 영장을 자처하는 사람과 맞상대로 대화
를 나누고 있지 않은가? 이런 영광이 어디 있나?"

"지금 나를 비꼬는 것이냐?"

"내 비록 병들고 벌레 먹어 이렇게 비꼬인 모습을 하고 있
지만 남을 비꼬지는 않는다네. 아니, 비꼬지를 못해. 우리에
게는 그럴 능력이 없거든. 나의 무능無能 때문에 자네를 이롭
게도 못하고, 따라서 해롭게도 못하니 그 또한 고마운 일이
지."

"네가 스스로 영광스럽게 여기는 것도 네 생각일 뿐이다."

"물론!"

"말이 나온 김에 한 가지만 물어보자. 네 몸에 벌레 먹은 흔
적이 있는데, 벌레가 너를 갉아먹을 때 어떠했느냐?"

"……"

"왜 대답이 없지?"

"그걸 사람의 말로 표현할 수가 없다네. 자네들의 언어는 울타리가 좁은 집 같아."

"아프거나 간지럽지 않았나?"

"……"

"귀찮거나 성가시지 않았나?"

"……"

"밉거나 떨쳐버리고 싶지 않았나?"

"……"

나뭇잎은 끝내 말이 없는데, 어디선가 허공을 울리는 맑은 종처럼, 멀리 아득하게 들리는 소리.

"벌레가 나뭇잎을 갉아먹지 않으면 숲이 사라진다."

그대 생각이 장미라면
그대가 곧 장미원薔薇園이다.
그대 생각이 가시나무라면

그대는 아궁이 속 땔감이다.

—루미

후광이
있구나!

호박씨

호박씨 한 알 종이에 올려놓고 그윽한 눈길로 바라본다. 착시일까? 엷은 풀색 그림자가 물결처럼 겹쳐 흐르는 가운데, 희고 투명한 빛이 황금색으로 빛나는 호박씨를 감싸고 있다. 아! 호박씨 한 알에도 후광後光이 있구나!

"그럴 수밖에! 비록 작은 몸이지만 내 속에 하늘땅이 들어 있고 지상地上의 호박이 밟아온 까마득한 과거와 끝없는 미래가 들어 있으니 어찌 거룩한 존재가 아니겠는가? 후광이란, 성인聖人들 머리가 아니라 그것을 알아보는 눈길에 있다네. 자세히 그리고 그윽하게 보시게. 존재하는 모든 것에서 후광을 보게 될 터이니."

아무것도
아닌
모든 것

포도 뼈다귀

정확하게 예순다섯 알 포도를 따서 먹고 나니 탐스럽던 한 송이 포도는 어느새 사람 몸으로 되어 자취를 감추었고 남은 것은 앙상한 뼈다귀로구나. 짐승이고 식물이고 맨 나중까지 자취를 남기는 것은 뼈다귀인 모양이다.

보고 있자니 자꾸만 허망한 느낌이 든다. 포도 알을 따서 입에 넣을 때의 그 달콤하고 새콤하던 맛도 향기도 지금은 모두 사라져 없다. 도대체 존재한다는 것이 무엇이란 말인가? 존재하는 것은 없고 다만 끝없이 이어지는 변화가 있을 뿐이라는 옛 어른들의 말씀이 진실로 빈말이 아니로구나.

과연 제행諸行이 무상無常이렷다!

그렇다면? 그렇다면 시방 내가 먹고 남긴 이 앙상한 포도 뼈다귀에 대하여 느끼는 허망한 감상 또한 부질없는 것 아닌가?

여기까지 상념을 굴리고 있는데 난데없는 하루살이 한 마리가 포도송이 뼈다귀에 날아와 앉더니 관계를 맺자고 한다. 과연 저 하루살이는 자기가 지금 날아와 앉아 있는 곳이 봄에 꽃으로 피어나 한여름 자라고 익은 포도 알이 떨어진 자리라는 사실을 알고 있을까? 그것을 안다는 것과 모른다는 것의 차이는 무엇일까? 차이가 있다 한들, 그것이 하루살이나 포도 뼈다귀에 무슨 작용을 하는 것일까?

"상관없네. 내가 누구인지, 지금 내 몸에 와서 이리저리 날아다니고 있는 이 조그만 날벌레가 무엇인지, 그것은 내가 모른다 한들 내 존재(또는 비존재)에 무슨 상관이 있겠는가? 그것은 저 날벌레에게도 그렇고 자네한테도 그렇다네. 자네가 자네의 정체를 모른다 해서 자네의 운명에 무슨 변동이 생기는 건 아닐세. 자네가 우주와 한 몸임을 알든 모르든 상관없이 자네는 우주와 한 몸이거든. 나를 보고 자네가 '포도 뼈다

189

귀'라는 재미있는 이름을 생각해 낸 모양이네만, 자네도 알다시피 나는 '포도 뼈다귀'가 아니지 않은가? 나도, 그 누구도 내게 합당한 이름을 지어줄 수 없다는 사실은(물론 임시로 별명을 붙일 수야 얼마든지 있지만) 내가 아무것도 아니면서 모든 것이라는 반증反證이지."

"고마운 말이다. 네 말을 듣는 동안 쓸쓸하고 허망한 느낌이 사라지는 것 같다."

"허망한 느낌 자체가 허망한 것이니 당연한 일일세."

"그렇다면 내가 이른바 '깨달음'이라는 것을 얻고자 애쓰지 않아도 된단 말인가?"

"애써도 되고 애쓰지 않아도 되고…… 그렇다는 얘기지."

"무슨 말이 그런가?"

"자네한테는 익숙하지 않은 문법이겠지만, 사실이 그렇다네."

"그러면 나는 무엇을 해야 하느냐?"

"자네가 꼭 해야 할 일이라는 건 없네. 다만 하지 말아야 할 일(그것도 명령이 아니라 권면으로서)은 몇 가지 있겠지."

"그게 무엇인가?"

"걱정하지 말라는 것, 겁내지 말라는 것, 의심하지 말라는 것, 특히 자네에게는 조바심내지 말라는 말을 해주고 싶구먼."

"......"

"......"

"......"

"모든 것이 '때'가 있네. 우리가 이 물질계에 들어온 이상 '때'를 벗어날 수는 없어. 그러니 '때'를 기다려 '때'와 함께 살아가는 지혜를 터득해야 해. 이 지혜가 부족할 때 사람들은 조바심을 내지. 그러나 조바심이 '때'를 앞당겨주지 않는다는 건 자네가 수많은 경험을 통해서 알고 있지 않나?"

"......"

"......"

"......"

"자네도 나도 저 하루살이도 모두가 한 분이신 하느님 품 안에 들어 있다네. 그러니 조금도 염려 마시게. 전쟁에서 이긴 장군이 개선 행진을 할 때 장군의 손톱이나 겨드랑이 털도 함께 개선 행진을 한다네. 하느님 계신 곳이 하늘나라라고 한다면, 자네나 나나 저 하루살이가 있을 곳 또한 하늘나라밖에 없잖은가? 우리가 가고 싶어도 갈 만한 다른 데가 없는 마당에 새삼 무엇을 두려워하고 무엇을 염려한단 말인가? 자네들이 말하는 그 '깨달음'이라는 것이 자네를 '다른 존재'로 만들지는 못한다네."

"바로 그것을 아는 게 깨달음 아니냐?"

"우리 그만 입을 다물 때가 되었군."

"……"

"……"

이어지는 침묵 속에 갑자기 부엌에서 들려오는 아내의 도마질 소리가 반갑다. 오늘 저녁은 무슨 별미를 맛보려나?

생각나는 선문답禪問答 한 마디.

"스승님, 두려워서 못 살겠습니다."

"무엇이 두려우냐?"

"세상에 아무도 없고 저 혼자 있는 것 같습니다."

"아무도 없고 너 혼자 있는데 무엇이 두렵단 말이냐?"

평화를
사랑하는 사람,
이현주

권정생(아동문학가)

말이 많으면 쓸 말이 없어진다. 그런데 이현주는 끊임없이 말을 하고 있다. 어떤 때는 정말 쓸데없는 말을 하다 보니 뱀 뱃바닥에 발을 그려놓은 듯한 글도 있다. 그러면서도 이 사람의 말은 그냥 말이 아니다. 끊임없이 살피고 생각하고 고민하고 있다.

적어도 고민하는 사람은 절대 폭력을 쓰지 않는다. 왜? 어째서? 무엇 때문에?

이렇게 생각하고 고민하고 살피다 보면 우리는 우리를 돌아볼 수 있고 상대방의 고운 모습을 발견하게 된다. 겉모습도 속모습도 알아보게 되면 결국 상대란 것은 없어지고, 너도 나도 아닌 우리가 된다. 하느님도 부처님도 조그만 풀벌레도 나무 조각도 모두 하나가 된다. 그게 모두 하느님이고 부처님인 것이다.

이현주는 우리의 그런 고민을 대신해 주고 있다. 그래서 우리 눈을 맑게 씻어준다. 평화를 사랑했던 사람들은 이렇게 끊임없이 고민했다. 먼지 하나 티끌 하나도 모두가 성스러운 목숨들이다. 정말 눈물겨운 생각들이 구슬처럼 꿰어져 있다.

이 책을 읽다 보면 옛날 그리스 아테네의 어느 골목길 돌계단에 앉아서, 조그만 꼬마한테 열심히 묻고 대답하며 해 지는 줄도 모르고 우주를 얘기했던 소크라테스의 모습이 떠오른다.

샨티의 뿌리회원이 되어
'몸과 마음과 영혼의 평화를 위한 책'을 만들고 나누는 데
함께해 주신 분들께 깊이 감사드립니다.

뿌리회원(개인)

이슬, 이원태, 최은숙, 노을이, 김인식, 은비, 여랑, 윤석희, 하성주, 김명중, 산나무, 일부, 박은미, 정진용, 최미희, 최종규, 박태웅, 송숙희, 황안나, 최경실, 유재원, 홍윤경, 서화범, 이주영, 오수익, 문경보, 여희숙, 조성환, 김영란, 풀꽃, 백수영, 황지숙, 박재신, 염진섭, 이현주, 이재길, 이춘복, 장완, 한명숙, 이세훈, 이종기, 현재연, 문소영, 유귀자, 윤홍용, 김종휘, 보리, 문수경, 전장호, 이진, 최애영, 김진회, 백예인, 이강선, 박진규, 이욱현, 최훈동, 이상운, 이산옥, 김진선, 심재한, 안필현, 육성철, 신용우, 곽지희, 전수영, 기숙회, 김명철, 장미경, 정정희, 변승식, 주중식, 이삼기, 홍성관, 이동현, 김혜영, 김진이, 추경희, 해다운, 서곤, 강서진, 이조완, 조영희, 이다겸, 이미경, 김우, 조금자, 김승한, 주승동, 김옥남, 다사, 이영희, 이기주, 오선희, 김아름, 명혜진, 장애리, 한동철, 신우정, 제갈윤혜, 최정순, 문선희

뿌리회원(단체/기업)

주)김정문알로에 KIM JEONG MOON ALOE CO. LTD. / 환경재단 / design Vita / PN풍년

(사)법인한국가족상담협회·한국가족상담센터 / 생각과느낌 소아청소년 성인 몸 마음 클리닉

경일신경과 I 내과의원 / 순수피부과 / 월간 풍경소리 / FUERZA

회원이 아니더라도 이름과 전화번호, 주소를 보내주시면 독자회원으로 등록되어 신간과 각종 행사 안내를 이메일로 받아보실 수 있습니다.

이메일 : shantibooks@naver.com
전화 : 02-3143-6360 팩스 : 02-6455-6367